Karl-Albert Ebel

Kein Himmel ohne Hölle

Roman

edition fischer

Die Handlung dieses Romans sowie die darin vorkommenden Personen sind frei erfunden; eventuelle Ähnlichkeiten mit realen Begebenheiten und tatsächlich lebenden oder bereits verstorbenen Personen wären rein zufällig.

Bibliografische Information Der Deutschen Bibliothek
Die Deutsche Bibliothek verzeichnet diese Publikation in der Deutschen Nationalbibliografie; detaillierte bibliografische Daten sind im Internet über http://dnb.ddb.de abrufbar

© 2007 by edition fischer GmbH
Orber Str. 30, D-60386 Frankfurt/Main
Alle Rechte vorbehalten
Schriftart: Baskerville 11°
Herstellung: Satz*Atelier* Cavlar / NL
Printed in Germany
ISBN 978-3-89950-283-1

Lasst uns doch vielseitig sein!
Märkische Rübchen schmecken gut,
am besten gemischt mit Kastanien.
Und diese beiden edlen Früchte wachsen weit auseinander.

Goethe

Das Trio

Der Wirt einer gepflegten Hamburger Kneipe — ihre Nischen laden zu ungestörten Gesprächen ein — kapitulierte, wie schon mehrfach geschehen, vor drei Männern, die in der hintersten Nische saßen und sich bei einer Flasche Rotwein lebhaft unterhielten. Sein Hinweis, dass er Feierabend machen müsse, wurde mit der Bestellung einer weiteren Flasche Wein beantwortet. Was sollte er tun? Die drei Männer hielten ihm, der nicht selten den Mangel an Gästen beklagte, seit Jahren die Treue und wenn es ans Bezahlen ging, zeigten sie sich stets großzügig. Er schätzte sie aber auch, weil sie sich oft über alle möglichen Ansichten und Geschehnisse stritten, dennoch unzertrennliche Freunde blieben und er nicht selten die Möglichkeit hatte, unauffällig ihren interessanten Gesprächen zu lauschen. Er konnte sie nicht rausschmeißen. Resigniert machte er es sich hinter dem Tresen so bequem wie möglich und bald hörte und sah er nichts mehr. Er schlief.

Der Zufall hatte regiert, als er die drei zusammenführte. Einzeln und gemeinsam waren sie viel gereist. Sie hatten die Lichtseiten des Lebens genossen, kannten aber auch seine Schattenseiten durch eigenes Erleben.

Trutz Nagel, einst bekannt unter dem Künstlernamen Carino Landelli, war Illusionist, von Frauen begehrt, aber er ließ sich nicht festhalten. Als seine Finger nicht mehr schnell genug waren, er den eigenen Maßstäben an Zauberkunst nicht mehr entsprechen konnte, verlegte er sich auf das Schreiben kleiner Artikel und Geschichten für Zeitungen und Zeitschriften. Er wollte hundert Jahre alt werden, aber zur Hälfte dieser Zeit fehlten ihm noch einige Jahre.

Doktor Karl Siebel war Tierarzt. Sein Wissen und Können, vor allem in Bezug auf Raubkatzen, wurde besonders von Zoos, Tiergärten und Zirkussen in Anspruch genommen. Er hatte sich in verschiedenen Sportarten versucht, auch an Segelwettbewerben teilgenommen, allerdings ohne nennenswerten Erfolg. Dass er bereits das sechzigste Lebensjahr überschritten hatte, konnte ihm niemand ansehen. Seiner Frau war er zu rastlos und eigenwillig gewesen. Nach zehn Jahren Ehe ließ sie sich scheiden.

Rajan Lal, vor kurzem erst aus dem Berufsleben ausgeschieden, war Inder, Computerspezialist. Nachdem er seine Frau durch einen Autounfall verloren hatte, galt seine ganze Fürsorge und Liebe seinem jüngeren Bruder Vivek. Er half ihm, in der Elektrobranche eine feste Anstellung zu finden. Vivek seinerseits wurde nicht müde, Rajan von dem Nutzen eines lukrativen Arbeitsangebotes aus Deutschland zu überzeugen.

Nach kurzer Einarbeitungszeit in Hamburg war Rajan seinem Bruder dankbar für die Hartnäckigkeit, die er ihm gegenüber bewiesen hatte. Er bezeichnete es als großes Glück, dass er, so weit weg von der Heimat, nicht nur gute Arbeitsbedingungen gefunden, sondern in Trutz Nagel und Karl Siebel auch zuverlässige Freunde, anregende Gesprächspartner und Reisebegleiter bei Freizeitunternehmungen gewonnen hatte.

Trutz Nagel, gewohnt, die Aufmerksamkeit vieler Menschen zu erregen, überraschte die Freunde oft mit ungewöhnlichen Gedanken und Aktivitäten. Er hatte eine sprühende Fantasie, der sich niemand entziehen konnte, war schlagfertig und um Argumente nie verlegen.

»Anton Tschechow«, sagte er eines Abends, »stand in dem Ruf, ein Schriftsteller zu sein, der die Fähigkeit besaß, aus jedem Substantiv eine Geschichte zu machen. Können wir das, spaßeshalber, nicht auch einmal versuchen? Mir kam der Gedanke, Karl, als ich dein rotes Auto mit dem Markenzeichen eines aufrecht gehenden Löwen sah. Meine Herren«, fuhr er mit gewinnendem Lächeln fort, »tun Sie etwas gegen das Austrocknen und Einschrumpfen Ihres Gehirns, lassen Sie keine Verkalkung Ihrer Venen zu, jagen Sie mit dem Zündstoff Ihrer Fantasie das Blut durch die Adern! Wir haben uns den Wind nicht nur in einem

Land um die Ohren wehen lassen, wir haben in weichen Betten und auf harter Erde geschlafen, wir haben in Träumen geschrien und gelacht, wir haben nie Stillstand, aber immer Veränderung geliebt. Also, Freunde, was hindert uns, unseren Begegnungen einen neuen Inhalt zu geben? Versuchen wir's, schreiben wir eine Geschichte der Wahrheit und Unmöglichkeit, die Geschichte von einem roten Löwen!«

Dr. Karl Siebel atmete einmal tief durch. Seine Antwort auf den Vorschlag von Trutz Nagel war typisch für seine Art, Überschwänglichkeiten zu begegnen. Er hob sein Glas und sagte: »Prost!«

Rajan Lal fuhr sich mit den Fingern durch sein langes, weißes Haar. »Ich finde, die Idee ist nicht ohne Reiz«, sagte er, »wir könnten die Sache ja einmal versuchen. Unter dem Himmel Indiens, im Gir-Nationalpark, leben mehr als dreihundert asiatische Löwen. Sie sind kleiner als ihre afrikanischen Artgenossen und ihre Mähne ist auch etwas weniger voluminös. Vielleicht«, fügte er verschmitzt hinzu, »könnten wir einen davon zähmen und ihn als Beifahrer für unseren Tierarzt dressieren. Karl könnte dann auf den Metalllöwen am Kühlergrill verzichten.«

»Rajan«, erwiderte Karl, »dein Vorschlag ist ausgezeichnet, nur fürchte ich, die Polizei wird seine Realisierung verhindern.«

»Und wenn die Polizei nicht wäre, Karl?«, fragte Trutz. »Würdest du, der Tierarzt, nicht auch einmal einen Löwen dressieren wollen? Deiner Fantasie sind keine Grenzen gesetzt und deine Kenntnisse des fernen Indiens, lieber Rajan, werden uns noch sehr zustatten kommen.«

Karl Siebel hatte seinen Kugelschreiber aus der Brusttasche seines Jacketts genommen und klopfte, Achtung heischend, auf die Tischplatte, um seiner Mahnung besonderes Gewicht zu verleihen: »Freunde, mit wilder Begeisterung kommen wir hier nicht weiter. Ich vermute, wenn wir den Vorschlag von Trutz ernst nehmen wollen, dann halsen wir uns eine höllisch verquickte Arbeit auf. Wir müssen Acht geben, dass wir auf dem Teppich unserer Möglichkeiten bleiben und nicht in Teufels Küche kommen.

Fantasie ja, aber gezügelt, sonst haben wir Chaos! Viele Fragen werden unsere Arbeit hemmen, auf die wir eine Antwort finden müssen. Das fängt schon, so banal es klingt, bei den Namen der handelnden Figuren an.«

»Du irrst«, sagte Trutz. »Ob Hinz oder Kunz, die Namen sind nicht entscheidend, die Handlung ist es. Wir müssen den richtigen Mix zwischen Realität und Fantasie finden. Aber, Karl, weil du es gerade erwähnt hast: Wir wollen, denke ich, den Figuren nicht unsere Charaktere und nicht die Erlebnisse unseres eigenen Lebens geben, aber unsere Namen – warum sollen sie nicht unsere Namen tragen? Den Namen unseres Kneipenwirts, Willi Schmidt, können wir auch verwenden.«

Rajan Lal protestierte: »Das ist unmöglich! Wenn unsere Geschichte nicht unter uns bleibt, was sollen da die Menschen von uns denken, wenn sie die Namen der Autoren in den Namen der Handelnden in der Geschichte wieder finden?«

Trutz Nagel war nicht in Verlegenheit zu bringen: »Kein Problem«, sagte er, »wir bleiben anonym, verstecken uns sozusagen im Namen unseres Tierarztes, wenn er, großzügig, wie wir ihn kennen, meinem Vorschlag zustimmt. Wir streichen die ersten Buchstaben seines Nachnamens, und aus Siebel wird Ebel. Das kann der Autorenname sein. Der Name ist nicht selten. Es gibt Ebels Sauerkraut, Ebels Feinbäckerei, Ebels Modesalon und so weiter. Nun, Karl, was meinst du?«

Karl Siebel spielte den Leidenden: »Wofür habe ich nicht schon meinen ehrlichen Namen hergeben müssen! Nun soll ich auch noch seiner Amputation zustimmen! Trutz, du bist grausam, aber ich sehe es ein, Widerstand ist zwecklos.«

Rajan Lal lachte: »Ach, wie gut, dass niemand weiß,
        dass ich mit drei Namen heiß!«

Karl Siebel warnte: »Aber wehe, wir lassen uns wie Rumpelstielzchen erwischen!«

Nagel, zupackend wie immer, wenn man auf seine Ideen einging: »Also abgemacht! Über den Titel brauchen wir wohl nicht streiten!«

»Das ist also heute«, bemerkte Karl Siebel mit einem Lächeln der Ergebenheit, »die Geburtsstunde eines roten Löwen. Aber, Freunde, der Weg zum Erfolg ist lang und steinig. Wir haben Zeit und wir müssen uns Zeit lassen!«

»Was meinst du, Trutz«, fragte Rajan Lal, »wie lange werden wir brauchen, um deine skurile Idee zu verwirklichen?«

»In zwei Jahren haben wir unseres Geistes Kind aus der Taufe gehoben«, erwiderte Trutz zuversichtlich.

»Und was machen wir dann, mit unserem Kind?«, fragte Rajan. Nagel erwiderte: »Wenn es herausdrängt aus unserem Kreis, werden wir es nicht daran hindern, aber sicher werden wir uns erst einmal eine Ruhepause gönnen, und dann? Wir werden sehen. Man sagt: ›Der Appetit kommt beim Essen.‹ So wird es wohl sein, wenn wir unsere Fantasie nicht verbraucht haben.«

Nach zwei Jahren legte Rajan Lal jedem seiner Freunde und Arbeitsgefährten das nachstehend abgedruckte Manuskript vor, und für den Fall, dass eine Veröffentlichung ihrer Arbeit erfolgen sollte, war der von ihnen festgelegte Autorenname, »Karl Ebel«, der kurzen Einleitung zu ihrer Geschichte bereits vorangestellt worden:

Karl Ebel

Der Zwang der Erinnerung

Schwer hängen die Wolken über meinem Einfamilienhaus in Hamburg/Blankenese. Der Wind zaust die Blätter der Bäume. Ich sitze am Schreibtisch, sehne die Sonne herbei und weiß doch, gerade so ein Tag wie heute kann mich vor Ablenkung bewahren. Ich lege den Telefonhörer beiseite und stelle die Klingel ab, die sich am Gartentor unter meinem Namensschild

Karl Siebel

Journalist

befindet. Endlich muss ich tun, was ich schon längst hätte tun müssen: schreiben, von meinem seltsamsten Abenteuer, vom unmöglich Scheinenden das ich als Wirklichkeit erlebte. Das, was mich zum Schreiben zwingt, steht vor meinen Augen, als wäre es gestern gewesen.

Ich bin unbeholfener Ausdrucksweise begegnet, einer Sprechweise, die auf jeden Leser ermüdend und abstoßend wirken würde, wollte ich sie genau und naturalistisch wiedergeben. Ohne Tatsachen und Inhalte, die mir mitgeteilt wurden, zu verfälschen, werde ich bei Erzählungen und Dialogen deswegen meine persönliche Handschrift nicht verleugnen.

Ich werde zügig schreiben können und nicht aufhören, bis der letzte Punkt gesetzt ist.

Der rote Löwe

Eine unheimliche Begegnung

Als Journalist habe ich an vielen Feiern teilgenommen. Da war ich einer unter anderen. An meinem fünfundsechzigsten Geburtstag war ich, wie das so üblich ist, die Hauptperson. Meine Trinkfestigkeit, meine Geduld, meine Freundlichkeit wurden auf eine harte Probe gestellt. Nun sehnte ich mich nach Ruhe. Ich wollte faulenzen und mir an der Nordsee wieder einmal frischen Wind um die Ohren wehen lassen. Nicht das erste Mal trieb es mich auf die Insel Sylt. Das Personal meines Hotels und ich, wir waren gute alte Bekannte, und mehr Bekannte wollte ich diesmal auf keinen Fall treffen.

Das Schicksal entschied anders. Unerwartet sah ich eines Tages bekannte Gesichter. Es war zu spät, ihnen auszuweichen. Der Not gehorchend, nicht dem eignen Triebe, wie es so schön heißt, nahm ich eine Einladung in ein Restaurant an.

Meine Gastgeber waren großzügig und ich, unzufrieden über die Begegnung, trank mehr, als mir zuträglich sein konnte. Die Sonne war längst untergegangen, als ich mich, wenn auch mit Anstrengung, höflich und korrekt verabschiedete.

Mein Kopf war schwer, vor meinen Augen schienen Nebel zu tanzen und ach, ein Hotel, das mir hätte entgegenkommen können, das war nur ein Wunschtraum. Vor mir ging eine seltsame Erscheinung, von Kopf bis Fuß in ein Gewand gehüllt. War es der Alkohol, der meine Sinne verwirrte? Die Gestalt kam mir vor wie ein Riese aus einem Märchen. Die Schultern waren sehr breit, der Gang unbeholfen und schwerfällig. Langsam wurde ein Fuß vor den anderen gesetzt. Die Gestalt trug ein Gewand, das, so glaubte ich beim Näherkommen zu erkennen, selbst die Arme, Hände und Füße verdeckte.

Aus einer dunklen Häuserecke kamen drei Männer, offensichtlich Jugendliche. Sie beobachteten die Gestalt, gingen auf sie zu, ohne mich eines Blickes zu würdigen, umkreisten sie, hinderten sie, weiterzugehen. Im spärlichen Licht blitzte die Schneide eines Messers. Plötzlich war ich hellwach. Hart traf meine Faust das Gesicht eines Angreifers. Er taumelte, das Messer fiel zu Boden. Die drei, mutig gegenüber Wehrlosen und nun offensichtlich überrascht, ergriffen die Flucht. Ich atmete auf. An meiner Faust sah ich fremdes Blut.

Es hätte auch schief gehen können — ich, in meinem Alter, gegen drei junge Burschen! ›Auch so‹, dachte ich, ›kann es sich auszahlen, wenn man immer Sport getrieben hat.‹

»Ich danke Ihnen sehr!«, wurde ich auf Englisch angesprochen. Die Stimme klang rau, so, als wäre die Kehle ein Reibeisen. Nun stellte ich fest, dass selbst das Gesicht der Gestalt nicht zu erkennen war. Es wurde durch eine Kapuze und eine Maske verhüllt. Die Unkenntlichkeit der Gestalt erschien mir jetzt wie ein Gespenst, das einem Gruselkabinett entlaufen ist.

»Nichts zu danken«, sagte ich und wollte schnell weitergehen.

»Bitte bleiben Sie, bitte!« Es klang wie ein Hilferuf.

»Ich will ins Hotel! Habe Blut von dem Boy an der Faust.«, entgegnete ich.

Der Überfall musste den Fremden sehr mitgenommen haben.

»Bitte!«, rief er mit krächzender, eindringlicher Stimme, so, als ginge es um sein Leben, »bleiben Sie noch einen Moment!«

Ich bin kein Unmensch. Diese verzweifelte, so noch nie gehörte Bitte konnte ich nicht ignorieren, die sonderbare Gestalt einfach stehen zu lassen, brachte ich nicht fertig.

»Sehen Sie doch ein, dass ich ins Hotel muss! Als Journalist hätte ich mich sonst gerne mit einem Gespenst unterhalten«, sagte ich.

»Sie sind Journalist! Wie gut! Welch ein Glück, dass ich Sie, einen Journalisten, getroffen habe! Sie müssen ins Hotel, aber bitte, lassen Sie sich einladen auf unsere Jacht! Unbedingt müssen Sie unser Gast sein! Unbedingt! Wie soll ich Ihnen sonst danken, Ihnen eine Freude, mir eine sehr große Freude machen? Sie zögern — ich verstehe. Bitte entschuldigen Sie, dass ich mit verhülltem Gesicht spreche. Es geht nicht anders. Bitte, vertrauen Sie mir!«

Der Unbekannte war schwer zu verstehen. Mehrmals schien es

mir, als müsse er nach Worten suchen. Dann wieder überschlug sich seine Stimme vor Erregung, als er fortfuhr: »In etwa einer Stunde sticht unsere Hochseejacht ›Navina‹ in See. Das ist eine deutsche Jacht, die unter indischer und deutscher Flagge fährt. Ihr Kapitän ist Hamburger. Wir haben eine gut eingerichtete Gästekabine. Es soll Ihnen an nichts fehlen. Bitte, bitte, nehmen Sie die Einladung an. Die Dauer Ihres Aufenthaltes auf unserer Jacht bestimmen Sie. Wir steuern sofort wieder Sylt an, wenn Sie es wünschen.«

»Es ist Nacht!«, gab ich zu bedenken.

»Auch eine Nacht wie diese hat ihre Reize. Die See ist nur wenig bewegt und die Sterne spiegeln sich in ihr. Für eine angenehme Nachtruhe bietet Ihnen die Gästekabine alle wünschenswerte Bequemlichkeit und am Morgen, wenn Sie wollen, können Sie sich am Sonnenaufgang über der Nordsee erfreuen.«

»Ich danke Ihnen für Ihr Angebot. Von Menschen in gespenstischer Verkleidung erhielt ich noch nie eine Einladung. Verstehen Sie bitte, dass ich mich nicht gleich entscheiden kann.«

»Verkleidung und Maske lassen sich ablegen, nur nicht hier. Bitte kommen Sie. Wir werden auf Sie warten. Die Anlegestelle für Jachten ist Ihnen bekannt?«

»Ja, ja!«, sagte ich ungeduldig. »Ich muss jetzt endlich ins Hotel!«

»Kommen Sie unbedingt! Wir freuen uns auf Sie!«, rief der Fremde hinter mir her.

Endlich war ich in meinem Hotel, konnte mich gründlich reinigen und das kalte Wasser unter der Dusche erfrischte mich. Nun erschien mir das Ungewöhnliche der erlebten Begegnung wie die Verlockung zu einem Abenteuer, das ich mir nicht entgehen lassen durfte. Die Neugier eines Journalisten hatte mich wieder ergriffen. Ich packte eine Reisetasche, informierte die Rezeption und machte mich auf den Weg zum Jachthafen.

Die »Navina« war nicht zu übersehen. In goldenen Buchstaben prangte ihr Name am Bug, am Heck hingen eine deutsche und eine indische Fahne. Die durch zwei gleich hohe Masten unterteilte Beseglung war eingerollt. Der Steuerstand ragte über die Kajüte hinaus. Die Jacht war, so schien es mir, zur Ausfahrt bereit, gleichmäßig brummte ihr offenbar sehr starker Motor. Die Aufbauten, das Deck und der schmale Holzsteg zur Jacht waren erleuchtet, ringsum aber waren Stille und Nacht. Mit gespannter Erwartung betrat ich den Holzsteg.

An der Reling standen zwei Männer, einer in mittleren Jahren, mit kurz geschnittenem Kinn- und Backenbart und ein jüngerer. Sie trugen hellblaue Jeans und weiße Hemden. Ihre Gesichter waren, so weit ich das bei der künstlichen Beleuchtung erkennen konnte, von Sonne und Wind gekennzeichnet. Mit verschmitztem Lächeln sprach mich der Bärtige in meiner Heimatsprache an:

»Sind Sie der Herr, den ein Gespenst zu einer Fahrt auf dieser Jacht eingeladen hat?«

»Ja«, sagte ich, »ich hoffe, die ›Navina‹ ist kein Gespensterschiff.«

»Sie dürfen hoffen«, sagte der Bärtige und fuhr fort: »Im Namen des Gespenstes, bleiben wir noch ein Weilchen bei der Bezeichnung, sowie im Namen der Besatzung der ›Navina‹, heiße ich Sie zu dieser nicht gerade gewöhnlichen Besuchszeit willkommen. Mein Name ist Willi Schmidt, ein seltener Name, nicht wahr? Sie brauchen sich diesen schwierigen Namen nicht zu merken. Ich bin hier der Kapitän und jedermann sagt zu mir »Käptn«. Halten Sie es auch so. Wenn Sie irgendwelche Beschwerden haben sollten, wenden Sie sich bitte an mich. Ich bin auch Arzt und unsere Schiffsapotheke ist umfangreich. Zur Besatzung der Jacht gehört noch dieser Inder neben mir, Vivek Lal. Sein Bruder hat uns dieses Mal nicht begleitet, er ist in Indien geblieben. Die Heimatsprache der Brüder ist Gujarati [1], aber für Dienst- und Hausgebrauch sprechen sie schon recht gut Englisch.«

Die etwas sonderbare Begrüßung provozierte meine Antwort:

»An Berühmtheit, an Volkstümlichkeit und Verbreitung kann ich mich mit Ihrem Namen nicht vergleichen. Seien Sie versichert, dass ich an meiner Namensgebung unschuldig bin. Ich heiße Karl Siebel und bin mit meiner Gesundheit eine Bedrohung für den Ärztestand.«

»Okay«, sagte Käptn, »dass jemand eine so gute Meinung von sich hat, hört man nicht oft. Da werden Sie sich bei uns bestimmt wohl fühlen. Vivek trägt Ihr Gepäck, zeigt Ihnen den Salon und Ihre Kabine und macht Ihnen das Bett, wenn Sie sich erst einmal in die Horizontale begeben wollen. Anschließend heißt es für ihn: Leinen los!«

»Es hat keinen Zweck, dass ich mich hinlege«, erwiderte ich. »In dieser Nacht werde ich sowieso nicht schlafen können.«

»So nutzen Sie die Gelegenheit, diese Nacht in vollen Zügen zu genießen.«, sagte Käptn. »Richten Sie sich ein, das Gespenst wird im Salon auf Sie warten. Im Augenblick ist es noch nicht abkömmlich, kann aber den Augenblick kaum erwarten, Sie, als seinen Retter, hier begrüßen zu können. Ich muss jetzt zum Steuerstand.«

Vivek wollte mir meine Reisetasche abnehmen. »Nein«, sagte ich, »sehr liebenswürdig, aber die kann ich selber tragen.« Ich konnte dem Frieden nicht recht trauen. Die Seeleute wirkten nicht unsympathisch, aber am Tage, dachte ich, sieht manches anders aus als bei nächtlicher Beleuchtung. Der Kapitän hatte mit mir in einem vertrauten Ton gesprochen, als wäre ich kein Fremder, als würde ich zu seinesgleichen gehören, aber er und der Inder wussten, im Gegensatz zu mir, um ein Geheimnis, das den Namen »Gespenst« trug. Warum sprach der Kapitän immer wieder von einem Gespenst? Wollte er sich über mich, den Unwissenden, lustig machen? Wollte er Überlegenheit demonstrieren? Ich musste an den Triumph einer Schlange denken, die, ihr Opfer umschlingend, es genüsslich erwürgt.

Mit angespannten Sinnen folgte ich Vivek zur Kajüte, in der sich ein kleiner Salon mit einem Niedergang zu den Kabinen und Versorgungsräumen befand. Vivek öffnete eine Kabinentür und zeigte dabei auf eine andere Tür, die den Abschluss des Ganges bildete.

»Da, die Kabine von Roter«, sagte er, übergab mir den Schlüssel zu meiner Kabine, schaltete die Deckenbeleuchtung ein, zeigte mir den Dusch- und Waschraum mit Toilette, wünschte mir eine angenehme Nacht und verließ mich mit leichten Verbeugung.

Ich sah mich um. Der Raum ließ keine Wünsche offen: Radio, Fernseher, Telefon, alles war da. Achtlos warf ich die Reisetasche auf eine aufklappbare Couch und ließ mich in einen Sessel fallen. Meine Gedanken kamen nicht zur Ruhe. Was sollte das heißen: »Da, die Kabine von Roter?« Das Gespenst war weiß gekleidet. Es konnte mit Roter wohl nicht gemeint sein — aber dann wäre ja noch jemand an Bord, einer, den mir der Kapitän verschwiegen hatte! Roter — ein Indianer? Dummer Gedanke! Roter konnte ein Familienname sein. Wie viel Geheimnisse gab es auf dieser Jacht? Ich zog den Vorhang vom Bullauge zur Seite. Von Sylt war nur noch ein schwaches Leuchten zu sehen. Es gab kein Zurück. Ich öffnete den Schrank, die Schubfächer der Kommode. Tadellose Sauberkeit überall; nirgends konnte ich etwas Ungewöhnliches entdecken. Mit kaltem Wasser auf Gesicht und Arme suchte ich mich zu aktivieren. Es trieb mich in den Salon, ich wollte endlich wissen, woran ich war.

Der Salon war spärlich beleuchtet. Hinter einem gläsernen Klubtisch erhob sich schwerfällig mein gespenstischer Bekannter und begrüßte mich, ohne mir die Hand zu geben. Mit einer leichten Körperbewegung wies er mir einen Platz, ihm schräg gegenüber an. Er hatte die Kleidung nicht gewechselt, die Maske nicht abgenommen.

»Ich danke Ihnen für die Einladung«, sagte ich. »Wenn ich Sie recht verstanden habe, sagten Sie, dass Sie Ihr Gewand auch ablegen können und sicher bezog sich diese Bemerkung auch auf Ihre Maske.«

»Sie haben richtig gehört, aber alles zu seiner Zeit. Es ist gut, wenn Sie sich erst ein wenig an mich gewöhnen.«

»Warum denn das?«, fragte ich ungehalten. »Sicher sind Sie kein gewöhnlicher Mensch, aber doch auch kein Gespenst und kein Teufel!«

»Herr Siebel, natürlich bin ich kein Gespenst und kein Teufel, aber manchmal scheint es mir, als sei das Leben eine Wanderung zwischen Himmel und Hölle.«

»Haben Sie mich so dringend eingeladen, um mit mir zu philosophieren? Ihr Kapitän, der hier wohl Käptn genannt wird, hat Ihnen meinen Namen genannt. Würden Sie wenigstens so freundlich sein und mir Ihren Namen nennen?«

»Doktor Trutz Nagel.«

»Doktor Trutz Nagel? Sie sind Akademiker und sprechen so abgehackt, so unmelodisch, so schwer verständlich und nach Worten suchend? Haben Sie, ich bitte um Verzeihung, ich will nicht unhöflich sein, einen Schlaganfall oder einen Unfall gehabt?«

»Ich reise mit dem Pass eines Toten, der hieß Doktor Trutz Nagel.«

Ich schnellte hoch. »Verbrecher reisen mit falschen Pässen — oder Spione, aber zum Spion fehlen Ihnen alle Voraussetzungen.«

Mein Gegenüber blieb sitzen. Ruhig sagte er: »Sie meinen also, dass Sie einen Verbrecher gerettet haben, dessen Gast Sie jetzt sind? Erstaunlich, was Sie für Gedanken haben!«

»Ihr Verhalten ist es, das mir solche Gedanken aufzwingt!«

»Ich bin an dem Tod von Trutz Nagel sicher nicht so unschuldig, wie das Navina, die seine Frau war, meint. Aber das ist nicht mit wenigen Sätzen erklärt.

Herr Siebel, ich habe Sie so dringend eingeladen, weil ich möchte, dass meine Geschichte aufgeschrieben wird. Käptn kann das nicht, er hat keine Zeit, keine Lust, lange Texte zu tippen, und er hat eine Schrift, die kaum lesbar ist. Er sagte mir, unleserliche Schrift sei ein Markenzeichen der Ärzte. Aber er will auch, dass meine Geschichte bekannt wird, weil sie, wie er meint, abenteuerlich und zugleich lehrreich ist.

Bitte setzen Sie sich wieder, lassen Sie uns höflich miteinander reden!«, bat mein Gegenüber.

»Aber ich bitte Sie, um alles in der Welt: Ist es höflich, als Gespenst vor mir zu sitzen? Wer sein Gesicht nicht zeigt, hat etwas zu verbergen!«

»Sie haben recht, Herr Siebel. Ich bin Roter und nur für die Behörden Doktor Nagel.«

»Sie sind Indianer?«, fragte ich.

Jetzt lachte das Gespenst, laut, krächzend, Furcht erregend. Ich bekam eine Gänsehaut und was ich sah, ließ Schlimmes befürchten: Mein Gegenüber, nun nicht mehr lachend, betätigte mit verdeckter Hand einen Knopf an seiner Sessellehne. Meine Nerven waren aufs Äußerste gespannt. Was konnte das bedeuten? Wir schwiegen, ich saß da wie gelähmt.

Ein kurzes Klopfen unterbrach die Stille. Vivek trat ein. Das gespenstische Wesen, das vorgab Roter zu heißen, erhob sich.

»Vivek, mein Lieber, wir haben Herrn Siebel lange genug auf die Folter gespannt. Es ist Zeit, mich auszuziehen.«

»Okay, Roter!« Vivek schaltete die volle Deckenbeleuchtung ein, nahm Roter die Maske vom Gesicht, öffnete die Reißverschlüsse des Gewandes, zog es Roter von den Schultern, von den Beinen und Füßen, nahm die Bekleidung über den Arm, sah mich, der ich sein flinkes Tun fassungslos beobachtete, mit Schalk in den Augen an, machte wieder eine leichte Verbeugung vor mir und verließ den Raum. Ich hatte Mühe, mich zu beherrschen.

»Was soll das?«, fragte ich unwillig. »Sind Sie vom Zirkus? Machen Sie Theater oder ein Kostümfest?«

Roter hatte ein Kostüm an, das einem Löwen ähnelte. Allerdings, das Fell und die Mähne waren rot und sehr kurz, der Schwanz nur durch einen Stummel angedeutet. Das Maul sah aus, als sei es zusammengepresst worden, war kleiner als bei einem normalen Löwen.

Ich ließ meinem Gegenüber keine Denkpause. »Antworten Sie!«, forderte ich. »Was soll dieses Fantasiekostüm?«

»Das ist kein Kostüm«, sagte Roter. »Ich bin ein indischer, ein asiatischer Löwe.«

»Sie müssen mich für verrückt halten!«, fuhr ich ihn an.

»Nein, Herr Siebel, für mich sind Sie ein mutiger und intelligenter Mensch. Sie haben mit mir eine Bekanntschaft gemacht, die für Sie jetzt noch, das verstehe ich, eine unbegreifliche Wirklichkeit sein muss.«

»Sie sind kein echter Löwe, das kann doch nicht sein!«, beharrte ich.

»Und doch ist es so. Als es um meine Erziehung und Bildung ging, hat Trutz Nagel öfter Shakespeare zitiert: ›Mehr Dinge gibt's im Himmel und auf Erden, als eure Schulweisheit sich träumen lässt.‹«

»Ein indischer Löwe, der einen englischen Dichter zitiert — es kann nicht wahr sein, es geht nicht in meinen Kopf!«, entgegnet ich fassungslos.

»Mit einem einzigen Prankenhieb könnte ich Sie überzeugen. Nein, Sie brauchen keine Angst zu haben, das werde ich nicht tun. Greifen Sie kräftig in mein kurz geschorenes Fell! Es macht mir nichts aus. Überzeugen Sie sich!«

Meine Stimme versagte, ich spürte, dass mein Gesicht bleich und übernächtigt war. Roter hielt mir eine Tatze entgegen.

»Prüfen Sie! Ich tu Ihnen nichts!«

Vorsichtig kam ich der Aufforderung nach, krallte schließlich mit äußerster Kraft meine Finger in sein Fell. Ich spürte Fleisch und Sehnen eines kräftigen Tieres und wollte immer noch nicht glauben, dass mein Gastgeber ein Löwe war.

»Herr Siebel«, sagte Roter und setzte sich wieder auf seinen Platz, »die Natur, das habe ich gelernt, liebt viele Absonderlichkeiten. Warum sollte sie nicht einmal, nach Jahrmillionen, einen Löwen zeugen, mit der Lernfähigkeit eines Menschen und der Möglichkeit, menschliche Denk- und Verhaltensweisen anzunehmen?«

Er schwieg, ließ mir Zeit, die ungewöhnliche Situation zu erfassen. Schließlich sagte er: »Herr Siebel, es ist sehr spät geworden, vielleicht wollen Sie sich schlafen legen?«

»Schlafen?« Ich konnte nur den Kopf schütteln.

»Dann lassen Sie uns die Nacht zum Tage machen. Unsere Zeit ist ohnehin kurz bemessen. Vivek wird Ihnen etwas zum Aufmuntern bringen. Er wartet auf mein Zeichen.«

Wieder drückte der Löwe auf einen Knopf an seinem Sessel. »Diese Knöpfe sind eine Erfindung von Käptn. Mit meinen Tatzen kann ich eine Sprechanlage oder ein Telefon schlecht bedienen«, erklärte er.

Auf einem großen Tablett brachte Vivek herrlich duftenden

Kaffee, Whisky, Mineralwasser, Appetithäppchen, Salzstangen und Süßwaren, ordnete das alles geschickt auf dem Klubtisch, schenkte mir Kaffee ein, wünschte guten Appetit und verließ, ohne dass ich ihm noch danken konnte, den Raum.

Tat der Kaffee gut! Das Gefühl, den Kopf in eisernen Klammern zu haben, schwand. Ich dankte dem Löwen und forderte ihn auf, sich auch der köstlichen Dinge zu bedienen.

»Ich kann nur fressen und saufen, freue mich aber, wenn Sie tüchtig zulangen«, erwiderte der Löwe. Die Atmosphäre zwischen uns hatte sich entspannt, wir genossen sie, jeder auf seine Art.

»Roter«, fragte ich, »wie sind Sie unter Menschen gekommen? Wie konnten Sie, sozusagen ein Löwenmensch oder, vielleicht besser gesagt, ein Menschlöwe werden? Wie konnten Sie aufwachsen, ohne dass die Welt etwas von Ihrer Existenz erfuhr? Fragen über Fragen!«

»Das, was ich bin, wäre ich ohne Trutz Nagel nie geworden. Essen und trinken Sie in aller Ruhe, ich werde Ihnen derweil Ihre Fragen beantworten.«

»Bitte entschuldigen Sie mein anfängliches Verhalten!«

»An Ihrer Stelle hätte ich kaum anders gehandelt. Vieles von dem, was ich Ihnen erzählen werde, zum Beispiel über meine Zeit als Baby und Kleinkind, weiß ich nur aus Schilderungen der Menschen, die mein Leben begleitet haben. Ich war noch nicht geboren, als in Hamburg von drei Menschen Entscheidungen getroffen wurden, die nicht nur für sie, sondern auch für mich unvorhersehbare Folgen haben sollten.«, Roter tat einen tiefen Atemzug. Dann begann er mit seiner Geschichte:

Die Nagels

»Wolfgang Nagel, Schiffbauingenieur in Hamburg, ist Witwer, befreundet mit dem Arzt Willi Schmidt, unserem Käptn, der ein Kapitänspatent besitzt. Käptn konnte seinem Freund diese Hochseejacht, damals hieß sie ›Poseidon‹, zu einem Spottpreis vermitteln und ihre Generalüberholung veranlassen. Wolfgang Nagel träumte von erholsamen und erlebnisreichen Seereisen mit Käptn, seiner Frau und seinem Sohn Trutz, aber nach dem unerwartet frühen Tod seiner Frau verlor er das Interesse an der Jacht, zumal sein Sohn seine eigenen Wege ging und er ihn nur selten zu Gesicht bekam.

Trutz wurde Tierarzt, dessen besonderes Interesse Raubkatzen galt. Vor allem Zoos und Zirkusunternehmen schätzten sein Wissen und Können. Doktor Trutz Nagel hatte, wie viele Ärzte, ein anspruchsvolles Hobby. Er beschäftigte sich in seiner Freizeit intensiv mit Archäologie.

Trutz hatte eine schnelle Auffassungsgabe, ein hervorragendes Gedächtnis, eine bewundernswerte Energie, zudem gute Verbindungen zu Archäologen, die ihn bereitwillig in ihre Arbeit einbezogen und ihn mit einem Inder bekannt machten. Die Schilderungen des Inders über die fast unübersehbare Anzahl alter und kunstreich gestalteter Tempel, die Ausdruck mythologischer Vorstellungen sind, faszinierten Trutz. Er nahm erneut ein Studium auf. In erstaunlich kurzer Zeit konnte er mit einer Arbeit zur Entwicklungsgeschichte und Gestaltung einiger indischer Tempel seinen zweiten Doktortitel erwerben.

Ausgestattet mit besten Empfehlungen, bewarb sich Trutz um eine Anstellung als Archäologe in Indien. Er bekam einen Vertrag, der ihn verpflichtete, seine Tätigkeit auf den Bundesstaat Gujarat[2] und dort insbesondere auf die Halbinsel Kathiawar zu konzentrieren.

Nun stellte der Schiffbauingenieur Wolfgang Nagel die Jacht seinem Sohn als Dauerleihgabe zur Verfügung. Mit ihr sollte Trutz die Küste von Gujarat bereisen können, ohne auf Hotels angewiesen zu sein. Willi Schmidt, abenteuerlustig wie er war, erklärte sich bereit, dem Sohn seines Freundes als Arzt und Kapitän zur Verfügung zu stehen. Er heuerte zwei Seeleute für die Jacht an. Sie sollten, sobald man in Indien Ersatz für sie gefunden hatte, zurück nach Hamburg fliegen.

Nach Erledigung aller Formalitäten, wurde die ›Poseidon‹ bis an die Grenze ihrer Tragfähigkeit beladen. Zum Reisegepäck gehörte ein großer Arztkoffer von Käptn, das Arbeitsmaterial eines Archäologen und, was Wolfgang Nagel für überflüssig hielt, die vollständige Ausrüstung der Tierarztpraxis von Trutz. Der entgegnete dem Vater:

›Die Praxis hat viele Jahre zu meinem Leben gehört. Ich mag sie nicht verscherbeln. Wer weiß, vielleicht kann sie mir auch in Indien Nutzen bringen.‹« Roter hielt mit seiner Erzählung kurz inne, dann fuhr er fort:

Die ›Poseidon‹ an der Westküste Indiens

»Die ›Poseidon‹ machte gute Fahrt. Einer Empfehlung des Auftraggebers folgend, ankerte sie im Hafen von Veraval. Dort sind die Liegeplätze für Schiffe billig. Der Preis entspricht der Qualität des Hafens.[3]

Während Käptn an Land ging, um Ersatz für die in Hamburg angeheuerten Seeleute zu besorgen, schafften diese nach der langen Fahrt wieder Ordnung und Sauberkeit auf der Jacht. Trutz wurde von einem Fahrer erwartet, der ihn im Auftrag des Ministerrates nach Gandhinagar, der Hauptstadt des Bundesstaates Gujarat[4], brachte.

Nach einer Fahrt von mehr als vierhundert Kilometern wurde

Trutz im Hause des Ministerrates freundlich begrüßt. Hier lernte er Navina Singh kennen. Sie war ihm bereits telefonisch als kluge und zuverlässige Mitarbeiterin empfohlen worden, obwohl sie nie als Archäologin gearbeitet hatte. Frau Singh kannte als Reiseleiterin für englischsprachige Touristengruppen die historisch und kulturell wertvollsten Tempel. Sie war bereit, dem deutschen Archäologen mit ihren Kenntnissen zur Verfügung zu stehen.

Die schlanke Frau mit den großen braunen Augen, dem schmalen Gesicht und den schwarzen Haaren, die ihr über die Schultern fielen, beeindruckte Trutz Nagel. Auf sie wirkte Trutz intelligent, sportlich und willensstark. Eine Schönheit war er nicht. Im breiten Gesicht mit hoher Stirn war das Kinn stark ausgeprägt. Die tief liegenden Augen wirkten klein aber lebhaft. Als die beiden sich prüfend langsam die Hand gaben, war es, als würden sie sich gegenseitig sagen: ›Versuchen wir es miteinander!‹

Einige Adressen, Landkarten sowie ungenaue und unvollständige Dokumentationen wurden Trutz übergeben. Sein Aufgabengebiet umfasste die Präzisierung der Geschichte aller Tempel des Bundesstaates, die Erfassung und Bewertung ihrer vielen künstlerisch gestalteten Details, ihre Vermessung, die Einschätzung des baulichen Zustandes und die Erarbeitung von Vorschlägen zur Sanierung von Tempeln. Dazu gehörte die Zusammenarbeit mit entsprechenden Handwerksbetrieben und, wenn nötig, ihre Anleitung und Kontrolle. Trutz wurde auch verantwortlich gemacht für die Überwachung von Ausgrabungen, die Sammlung und Wertung ihrer Funde und die Verbindung zu Museen auch außerhalb des Bundesstaates Gujarat. Zur Bewältigung des umfangreichen Arbeitsgebietes wurde Trutz ein Landrover zur Verfügung gestellt. Für die ersten drei Monate erhielten er und Frau Singh einen Gehaltsvorschuss.

Am nächsten Tag konnte Trutz seiner Mitarbeiterin die Gästekabine zuweisen, die wir Ihnen, Herr Siebel, zur Verfügung gestellt haben.«

»Die ›Poseidon‹ wurde in ›Navina‹ umbenannt?«, unterbrach ich ihn.

»So ist es, Herr Siebel, doch davon später.«

Schwerfällig erhob sich Roter. »Verzeihen Sie«, sagte er, »ich muss mich ein wenig recken und strecken und eine kleine Pause machen. Langes Sitzen und Erzählen bin ich nicht gewohnt. Meine Gedanken in brauchbare Sätze zu kleiden, fällt mir nicht leicht. Bitte haben Sie auch Verständnis dafür, dass ich so schlecht und nicht fließend spreche.«

Ich sah zu ihm auf: »Roter, ich bewundere Sie. Es ist eine unglaublich große Leistung, die Sie vollbringen. Vielleicht wollen Sie sich jetzt für einige Stunden in Ihre Kabine zurückziehen?«

»Nein, nein! Es ist mir ein Bedürfnis, über mein Leben endlich mit einem Unbeteiligten zu sprechen — bis zum Ende. Ich darf doch sicher sein, dass Sie alles, was mein Leben betrifft, aufschreiben?«

»Ich werde alles aufschreiben«, bestätigte ich.

»Herr Siebel, wir haben eine angenehme Außentemperatur. Seitlich der Kajüte ist eine bequeme Bank angebracht. Was halten Sie davon, wenn ich eine Zeit lang meinen Bericht an Deck fortsetze?«

Ich erklärte mein Einverständnis. Nach dem heißen Kaffee würde mir frische Seeluft sicher gut tun.

Wir gingen an Deck, setzten uns auf die Bank und Roter fuhr in seinem Bericht fort:

»Ich muss etwas nachtragen. Als der Landrover, von Trutz gesteuert, am frühen Nachmittag bei der ›Poseidon‹ hielt, waren die deutschen Seeleute bereits mit einer Taxe auf dem Wege zum Flugplatz. Käptn half, galant, wie er sein konnte, Frau Singh aus dem Auto. Aus Gesprächen mit Trutz wusste er, wen er vor sich hatte. Ihre Schönheit aber überraschte ihn.«

Käptn stand plötzlich neben uns und lachte. Er hatte die letzten Worte von Roter gehört und übernahm nun für kurze Zeit die Rolle des Erzählers:

»›Pass' auf, Trutz‹, sagte ich, ›dass ich dir Frau Singh nicht als Arzthelferin ausspanne und mit ihr eine Praxis aufmache!‹

Trutz warnte mich. ›Das wirst du sein lassen‹, erwiderte er. ›dich würde ihre Schönheit nur verderben, denn ihretwegen wäre dein Wartezimmer immer überfüllt!‹

Dagegen war nichts zu sagen und ich war froh, endlich Rajan und Vivek Lal vorstellen zu können. Mit Hilfe eines Dolmetschers hatte ich sie unter vielen Seeleuten im Hafen ausgewählt. Heute kann ich sagen: Es war mit Sicherheit die beste Wahl, die ich treffen konnte. Schade, dass Sie nicht auch Rajan kennen lernen, Roter wird Ihnen noch sagen, warum er nicht mit uns fährt.

Ich habe es damals sehr bedauert, dass ich die Brüder Lal mit ihren Aufgaben vertraut machen musste, während Frau Singh, sozusagen als Einstand, am Nachmittag mit Trutz zur Tempelanlage von Somath fuhr. Die Anlage, müssen Sie wissen, liegt auf einem Hügel am Meer und ist dem Gott Shiva[5] geweiht. Man zählt sie zu den wichtigsten Heiligtümern Indiens, wie mir Frau Singh erklärte.

Roter, mein Lieber, entschuldige, wenn ich dich in deiner Berichterstattung unterbrochen habe, aber ich hörte zufällig, dass ich galant sein kann. Bei dem Kompliment, das ich noch nie gehört habe, konnte ich nicht stillschweigend vorbei gehen. Punktum!«

»Es ist mir recht, wenn du mich gelegentlich unterbrichst, Käptn. Du weißt, längeres Reden ist anstrengend für mich«, erwiderte Roter.

»Wir werden sehen, was sich machen lässt, Roter. Jetzt habe ich aber an deinen Zuhörer noch eine Frage. Herr Siebel, ich halte es für gut, ja erforderlich, dass Roter Ihnen von seinem Leben berichtet. Dieser Bericht muss veröffentlicht werden, weil er einen Beitrag für Wissenschaft und Forschung leisten kann. Er kann aber auch, das werden Sie, wenn Sie alles gehört haben, selber schlussfolgern, liebenswerten, wertvollen Menschen, die in dem Bericht eine Rolle spielen, zum Verhängnis werden. Der Bericht wird auch nach Jahrzehnten eine Sensation sein und aktuelle Bedeutung haben. Herr Siebel, ich weiß, in Ihrem Beruf waren und sind immer schnelle und brandneue Informationen gefragt. Wäre es Ihnen dennoch möglich, die Veröffentlichung des Berichtes hinauszuzögern? Wäre es Ihnen möglich, sich über die Rechtslage in Indien auf dem Laufenden zu halten und erst dann den Bericht zu veröffentlichen, wenn er für niemand mehr gefährlich sein kann?«

»Was soll ich Ihnen antworten?«, erwiderte ich. »Ohne, dass ich den ganzen Bericht kenne, kann ich Ihnen keine Zusage machen. Ich bin Rentner und nicht mehr auf schnelle Informationen angewiesen. Es geht mir auch nicht um das Geld, das ein solcher Bericht einbringen würde. Wenn sich die Sache so verhält, wie sie von Ihnen dargestellt wurde, dann werde ich auch einen Weg finden, der Ihren Vorstellungen entspricht.«

»Ich danke Ihnen!«, sagte Käptn und ging wieder zum Steuerstand.

Roter fuhr in seiner Berichterstattung fort:

»Am nächsten Tag fuhren Trutz, Käptn und Frau Singh nach Veraval, um sich den dortigen Behörden vorzustellen. Dass Käptn auch Arzt war, wurde freudig begrüßt. Er wurde gebeten, sich im Bedarfsfalle auch als Arzt zur Verfügung zu stellen. Vorweg gesagt, entsprechende Anforderungen erreichten Käptn nicht oft, aber in besonders schwierigen Fällen wurden sein Rat und seine tätige Hilfe gerne in Anspruch genommen.

In den folgenden Monaten war der Archäologe mit seiner Gehilfin lange und täglich unterwegs. Die Geschichte des Landes, seiner Religionen und deren Ausprägung in den Tempelbauten lernte er durch Hinweise von Frau Singh, durch viele Gespräche mit ortsansässigen Menschen und durch die unmittelbare Begegnung mit den Objekten noch besser verstehen, als ihm das in Deutschland möglich war. Oft saß er mit Frau Singh bis spät in die Nacht in diesem Salon. Sie führten über ihre Einsätze Protokoll, werteten ihre Fotos und Skizzen aus, hielten gewonnene Erfahrungen und Kenntnisse schriftlich fest. Berechnungen zu Sanierungsarbeiten und Berichte an die zuständigen Behörden zwangen sie, vor allem im ersten Jahr ihrer gemeinsamen Tätigkeit, nicht selten, die Nacht zum Tage zu machen.

Navina Singh arbeitete sich schnell in ihr neues Aufgabengebiet ein. Sie freute sich, wenn sie Trutz mit ihrem Wissen helfen konnte, sie war glücklich, dass er sie rückhaltlos an seinen Kenntnissen und Überlegungen teilhaben ließ. Morgens, nach wenigen Stunden Schlaf, galt ihr erster Gedanke der Zusammenarbeit mit Trutz und eines Tages gestand sie sich ein, dass es nicht nur die Zusammenarbeit war, die sie mit Trutz verband. Trutz ging es nicht anders. Er konnte sich bald keine bessere Partnerin vorstellen, als es Navina Singh war.

Wieder einmal waren beide mit dem Rover unterwegs. Auf einem Waldweg stoppte Trutz plötzlich den Wagen.
›Frau Singh, wann wollen Sie mich Ihren Eltern vorstellen?‹, fragte er unvermittelt.
Der jungen Frau stieg die Röte ins Gesicht. Sie schwieg. Auch Trutz schwieg. Endlich sagte er, leise und wie im Traum: ›Ich möchte, dass wir heiraten.‹
Navina konnte nicht antworten, zu unvorbereitet und so ganz unkonventionell traf sie die plötzliche Aussicht auf die Erfüllung eines heimlichen, tief empfundenen Wunsches.
›Ich möchte, dass wir heiraten‹, wiederholte Trutz und Navina Singh spürte, dass er es ernst meinte mit seinem Antrag. Eine schnelle Antwort aber war ihr nicht möglich. Schließlich sagte sie:
›Trutz, ich habe auf deine Erklärung gewartet.‹
Unausgesprochen verband die Weggefährten das, was man Liebe nennt — und es dauerte lange, bis sie sich von den Schatten der Bäume trennten und die Fahrt fortsetzten.
Nun wünschten sie sich einen festen Wohnsitz. Er sollte ihre Arbeitsbedingungen verbessern und ihre Beweglichkeit erhöhen. Sie wollten nicht mehr ständig auf die ›Poseidon‹ angewiesen sein. Etwas mehr Bequemlichkeit nach oft langen Fahrten und umfangreicher Tempelarbeit erschien ihnen auch wünschenswert. Das Wort Tempelarbeit bezogen sie auf alles, was zur Erfüllung ihrer Arbeitsverträge gehörte.

Zehn Kilometer südöstlich von Veraval entdeckten beide an einem Feldweg, der ein Weizenfeld durchschnitt, ein dem Zerfall preisgegebenes verlassenes Gehöft. Das Grundstück, auf einer kleinen Erhebung gelegen, bestand aus einem langen Flachbau, einem Kochhaus und einem Stall. Auf einem großen Hof standen zwei Schatten spendende Laubbäume. Das gesamte Anwesen war von Teilen einer rissig gewordenen Lehmmauer umschlossen.

Navina verhandelte mit den örtlichen Behörden, fuhr auch nach Gandhinagar. Sie erläuterte die Zweckmäßigkeit eines festen Stützpunktes auf dem Lande und zeigte Fotos von dem Gehöft, das sie durch Eigenleistungen nutzbar machen wollten. Schließlich äußerte sie den Wunsch, Dr. Dr.Trutz Nagel zu heiraten.

Navina wurde vertröstet. Man war mit der Arbeit des deutschen Archäologen und seiner indischen Helferin sehr zufrieden, aber die Genehmigung zur Eheschließung, so erklärte man ihr, werde einige Zeit in Anspruch nehmen. Auch in der Frage des Grundstückes sei eine schnelle Entscheidung nicht zu erwarten. Gesetze müssten beachtet, Kompetenzen berücksichtigt werden. Festlegungen würden der Absprache zwischen verschiedenen Ressorts bedürfen.

Die Geduld von Navina und Trutz wurde auf eine harte Probe gestellt, schriftliche Anträge waren auszufüllen, viele Fragen zu beantworten. Sie schimpften auf die Bürokratie, die sich immer mehr auf der Welt ausbreitete, und wussten doch, dass sie daran nichts ändern konnten. Nur intensive Tempelarbeit konnte sie auf andere Gedanken bringen und ihnen helfen, die unleidliche Wartezeit zu überbrücken.

Eines Tages erhielten sie den Auftrag, sich innerhalb der nächsten vierundzwanzig Stunden im Ministerrat zu melden. ›Was denn nun noch!‹, dachten beide. Sie kamen der Aufforderung, die sie zur Unterbrechung ihrer Tempelarbeit zwang, ungern, aber pflichtgemäß nach.

Die weite Rückfahrt von Gandhinagar verging ihnen wie im Fluge, sie sangen, scherzten und jubelten, für sie stand fest: Sie waren die glücklichsten Menschen der Welt. Die Heiratserlaubnis war ihnen erteilt worden, das Grundstück mit dem maroden Gehöft wurde ihnen geschenkt und der Staat hatte sich bereit erklärt, die durch die Sanierung entstehenden Kosten zu übernehmen. Auf der ›Poseidon‹ klang der Tag feuchtfröhlich mit Liedern und heiteren Gesprächen aus.

Käptn wusste, wo er einen gebrauchten Kleintransporter und notwendige Ersatzteile erwerben konnte. Nach gründlicher Überholung konnte er den Transporter seinen Gefährten vorführen. Seine erste Fahrt diente dem Transport von Baumaterial zum Gehöft.

Wolfgang Nagel überraschte die Absicht seines Sohnes, eine Inderin zu heiraten. Es war für ihn beruhigend, dass Käptn begeistert und ein wenig neidisch das Vorhaben von Trutz begrüßte. Zwischen beiden, Wolfgang Nagel telefonierte wegen seiner Schwerhörigkeit nur äußerst ungern, entwickelte sich, in Vorbereitung der Hochzeit von Trutz und Navina, ein lebhafter Schriftverkehr. Da Käptn in der Regel für alle auf der ›Poseidon‹ der Einkäufer und Postbote war, konnte er mit seinem Freund in Hamburg ohne Wissen des Liebespaares korrespondieren.

Wolfgang Nagel beriet sich mit Käptn über ein praktisches und zugleich originelles Hochzeitsgeschenk. Man einigte sich darauf, einen großen Arbeitstisch in Auftrag zu geben, und da Trutz sich als Tierarzt immer besonders für Löwen interessiert hatte, sollten die Ecken des langen, schweren Tisches sowie der unterste Teil der Tischfüße jeweils durch einen Löwenkopf verziert werden. Der Tisch wurde in Veraval genau nach einer Vorlage von Käptn angefertigt. Die acht Löwenköpfe zeugten von sorgfältiger Schnitzarbeit.

Navinas Vater hatte einen verantwortlichen Posten in der Textilfabrik von Porbandar[(6)], die Mutter, sie kränkelte oft, kümmerte sich um Haus und Garten. Das Ehepaar war nur wenige Male und nur für Stunden zu Gast bei Trutz und Navina.

Ich glaube, Navina machte in jedem halben Jahr, manchmal auch mit Trutz, einen Kurzbesuch bei ihren Eltern. Die freuten sich sehr über die Heiratsabsicht ihrer Tochter. Für sie war es selbstverständlich, die Hochzeit in ihrem Wohnort auszurichten. Man einigte sich darauf, wie heutzutage immer mehr üblich, sich nur bedingt an alte indische Traditionen zu halten[7].

Die ›Poseidon‹ ankerte, mit dem Landrover an Deck, im Hafen von Porbandar. Käptn verließ mit Vivek die Jacht. Die beiden fuhren zurück nach Veraval, stiegen dort in den Transporter, beluden ihn mit einer großen wasserdichten Plane und fuhren zum Flugplatz, um Wolfgang Nagel abzuholen.

Als das Flugzeug mit Wolfgang Nagel an Bord landete, blieb Vivek beim Transporter, während Käptn seinem Freund entgegenging. Beiden stand die Freude über die Wiederbegegnung im Gesicht. Sie umarmten sich, als wären sie zehn Jahre nicht mehr zusammen gewesen.

Während Käptn den Transporter zurück nach Veraval fuhr, unterrichtete er den Freund über alles Notwendige. In Veraval verluden und bezahlten sie den Tisch und brachten ihn zum Stützpunkt. Dort stellten sie den Löwentisch, wie sie das vorgesehene Hochzeitsgeschenk nannten, in einen Raum, der das Arbeitszimmer werden sollte, und deckten ihn sorgfältig mit der Plane ab. Noch einmal fuhren sie nach Veraval, stiegen dort in den Landrover um und fuhren nach Porbandar, wo sie noch pünktlich zur Hochzeit erschienen.

Wolfgang Nagel war beeindruckt von der Größe der Hochzeitsgesellschaft, die von dem Ansehen der Familie Singh zeugte. Mit hundertfachem Beifall wurde er begrüßt. Oft tanzte er mit Navina. Ihr Charme, ihre Intelligenz und ihre geschmeidigen Bewegungen begeisterten ihn. Er war stolz auf seine Schwiegertochter und gratulierte Trutz zur glücklichen Wahl seiner Lebensgefährtin.

Als die aufgehende Sonne Meer und Himmel glutrot färbte, gingen Käptn, Rajan und Vivek wieder an Deck der ›Poseidon‹. Trutz, Navina und Wolfgang Nagel folgten ihnen im Landrover, nachdem sie sich von allen Gästen verabschiedet hatten.

Navina hatte ihre Kabine für den Schwiegervater hergerichtet, doch bevor der sich schlafen legte, inspizierte er die Jacht, die ja immer noch sein Eigentum war. Er fand seine Vermutung bestätigt, dass die ›Poseidon‹ bei seinem Freund in besten Händen war. Am späten Morgen des folgenden Tages forderte Wolfgang Nagel beim Kaffeetrinken, dass die Jacht den Namen ›Navina‹ erhalten sollte. Als Navina protestierte, spielte er den Diktator. Er bestand auf der Umbenennung der Jacht. Käptn sagte: ›Okay‹ und damit hatte er alles gesagt. Er verschwand mit Rajan und Vivek und am Abend des nächsten Tages prangte in goldenen Buchstaben am Bug der Segeljacht der Name ›Navina‹.

Aus Anlass der Umbenennung ließ Trutz die Sektkorken knallen und Käptn steuerte die Jacht in Richtung ihres indischen Heimathafens Veraval.

Wolfgang Nagel dachte ungern an das Ende seines Urlaubs, an den nahenden Abschied. Aber er war auch froh, noch Arbeit zu haben.

Von Veraval aus wollte Trutz seinen Vater direkt zum Flugplatz fahren. Aber Wolfgang Nagel bestand auf einem Umweg über den künftigen archäologischen Stützpunkt. Trutz meinte, da sei nichts als Verfall zu sehen, fügte sich aber dem Wunsch seines Vaters. So fuhren nun Vater und Sohn, Navina und Käptn zunächst zum Stützpunkt. Dort angekommen, bat Wolfgang Nagel den Sohn, ihm den Raum seines zukünftigen Arbeitszimmers zu zeigen.

›Da ist nichts zu sehen‹, sagte Trutz.

›Tu, was der Vater sagt!‹, forderte Käptn.

Nun gingen sie alle dahin, wo das Hochzeitsgeschenk von Wolfgang Nagel stand. Vater Nagel und Käptn sahen mit Vergnügen, wie gut ihnen ihre Überraschung gelungen war. Verblüfft und freudig besahen sich Trutz und Navina den kostbaren Tisch und mit einer stürmischen Umarmung dankten sie dem Spender und seinem Helfer.

Die Fahrt zum Flugplatz ging allen nun zu schnell. Der Abschied fiel schwer. Es war ein Abschied in eine ungewisse Zukunft und niemand ahnte, dass sie sich zu viert nie wieder sehen würden. Als das Flugzeug mit Wolfgang Nagel am Horizont verschwand, sagte Käptn:

›Schade, dass er nicht bei uns bleiben konnte!‹

Trutz und Navina stimmten ihm zu – und ich sage Ihnen, Herr Siebel, wäre Wolfgang Nagel in Indien geblieben, das ist meine Annahme, er hätte Schlimmes verhindern können.« Roter hielt erneut für einen Moment inne.

Der Stützpunkt und sein Geheimnis

»Nun wurde die Tempelarbeit wieder aufgenommen. Jeden Abend berichtete Käptn von der am Gehöft geleisteten Arbeit, von Baumaterial, das verarbeitet wurde und von Material, das neu zu beschaffen war. Gemeinsam planten sie die nächsten Aufgaben, koordinierten ihre Arbeitsbereiche.

Eines Tages fragte Käptn Trutz und Navina: ›Wann wollt ihr endlich eure Hochzeitsreise machen?‹

›Wir reisen jeden Tag‹, antwortete Navina.

›Zugegeben, meine Liebste‹, erwiderte Trutz, ›aber erinnerst du dich, dass du mir einmal Mumbai[8] zeigen wolltest? Mein Vorschlag: Wir fahren erst zum Gir-Nationalpark, ihr wisst, dass ich eine Vorliebe für Löwen habe, und fahren von dort gen Süden nach Mumbai.‹

›Na gut‹, lenkte Navina ein, ›einige freie Tage können wir uns wohl erlauben. Besuchen wir die Löwen und dann die Großstadt am Meer mit den Höhlentempeln ihrer Umgebung.‹

Nie, Herr Siebel, hätte Navina dieser Reise zugestimmt, wenn sie ihre Folgen hätte erahnen können.

Am Nationalpark⁽⁹⁾ angekommen, meldete sich Trutz bei der Parkverwaltung und erreichte in einem längeren Gespräch, bei dem er sich als erfahrener, international geachteter Tierarzt zu erkennen gab, dass er sich mit seiner Frau im Park frei bewegen konnte. Die Rangers wurden verpflichtet, ihm jede gewünschte Unterstützung zu geben. Für alle Fälle wollten sie Trutz ein Gewehr mit Betäubungsmunition geben. Trutz lehnte ab, sagte aber nicht, dass er diese Waffe eines Tierarztes im Auto hatte.

Nun durchstreiften die jungen Eheleute mit ihrem Geländewagen und zu Fuß den weiträumigen Park. Sie sahen Löwen, Leoparden, Wildschweine, Hyänen und Rohrkatzen, Schmutzgeier, Kuhreiher und andere Vögel. Trutz war begeistert, war ganz wieder der Tierarzt, der sich für Raubkatzen besonders interessiert. Navina freute sich über den Enthusiasmus ihres Geliebten.

Von einem Beobachtungsturm aus entdeckte Trutz mit seinem Fernglas eine Löwin mit drei Löwenbabys. Eins der Babys, Herr Siebel, war ich.

Immer wieder sah Trutz durch das Fernglas. Erregt fasste er Navinas Arm: ›Navina, siehst du die Löwenbabys? Hier, blick' durch das Fernglas! Eins der Babys hat ein rotes Fell! Ich täusche mich nicht! Navina, das ist eine Weltsensation! Wir beide sind die ersten Menschen, die so etwas sehen! Die Rangers können die Babys noch nicht entdeckt haben, wir hätten sonst davon erfahren. Ich muss das Baby haben! Ich muss es haben!‹

Navina riss sich von Trutz los. ›Bist du von Sinnen?‹, fragte sie und dachte noch: ›So etwas kann er doch nur im Scherz geäußert haben.‹

Aber Trutz wiederholte seine Forderung: ›Navina‹, sagte er, ›ich muss das Baby haben! Ich weiß, es wird unser Leben verändern, wir werden viel Arbeit mit ihm haben, aber auch Freude. Mit Käptn, Rajan und Vivek sind wir ein verlässliches Team. Bei guter Organisation, bei genauer Verteilung der Aufgaben, wird alles Erforderliche möglich sein. Wenn das Fell dieses Löwenbabys einmalig ist, vielleicht sind es auch seine Fähigkeiten und Verhaltensweisen. Das muss ich herausbekommen, unbedingt! Welchen

Tierarzt und Wissenschaftler würde eine solche Aufgabe nicht reizen? Navina, Bildung und Wissen, du weißt es selbst, verpflichten!‹

Navina spürte schmerzhaft den Starrsinn ihres Mannes; ihre Stimme klang müde: ›Sie werden dir das Baby nicht geben.‹

›Das brauchen sie auch nicht. Ich werde mir das Baby unbemerkt ausleihen. Navina, wir haben eine einmalige Chance, die lasse ich mir nicht entgehen! Zu gegebener Zeit werde ich die Ergebnisse meiner Untersuchungen dem Ministerrat zur Verfügung stellen und zum weiteren Schicksal des roten Löwen Vorschläge unterbreiten. Das Land wird uns danken!‹

›Für einen Diebstahl?‹

›Für eine einzigartige wissenschaftliche Arbeit, die wir zusätzlich zu unserer Tempelarbeit in unserem Stützpunkt durchführen. Zum Ruhme dieses Landes!‹

›Trutz, ich beschwöre dich, bei unserer Liebe, lass ab von deinem ungeheuerlichen Vorhaben!‹

›Bei unserer Liebe, Navina, lass uns, was auch kommen möge, immer zusammenstehen! Wo könnte das Löwenbaby besser gedeihen als bei uns? Ich kenne viele Zoos, Zirkusunternehmen, Tierparks und Forschungseinrichtungen. Was wir dem Löwen an Aufmerksamkeit und liebevoller Betreuung bieten können, das ist in keiner anderen Einrichtung möglich. Käptn, Rajan und Vivek, du und ich, wir werden uns gemeinsam, und natürlich geht es nur in Gemeinsamkeit, um das Baby kümmern, seine Entwicklung beobachten und fördern. Navina, Liebe, du hast mir nie deine Hilfe versagt, tu' es auch jetzt nicht. Bitte, hilf mir!‹

So sehr sich Navina auch mühte, es gelang ihr nicht, Trutz von seinem Vorhaben abzubringen. Was sollte sie tun? Die Parkverwaltung informieren? Ihrem Mann in den Rücken fallen? Das konnte sie nicht. Sie sah ihre Liebe zu Trutz auf eine harte Probe gestellt. Im Konflikt zwischen Pflicht und Neigung entschied sie sich für ihren Mann.

Trutz holte aus dem Auto das Gewehr, lud es mit einer Betäubungspatrone und näherte sich auf Schussweite der Löwin. In fiebriger Erregung sah Navina, wie Trutz auf die Löwin schoss. Es dauerte nicht lange, bis er mich gefahrlos ergreifen und mir eine Beruhigungsspritze geben konnte. Dann steckte mich Trutz in eine Reisetasche, die er unter den Rücksitz des Autos schob. Am Ausgang des Parks stoppte er den Rover, ließ aber, während er sich von den Rangers mit einigen Banknoten verabschiedete, den Motor laufen. Die Rangers hatten, das war erkennbar, nie einen so spendablen Parkbesucher gesehen. Begeistert winkten sie dem sich rasch entfernenden Auto hinterher.

Vor dem Gehöft, das archäologischer Stützpunkt werden sollte, hielt Trutz. Erschöpft und wortlos setzte sich Navina in die Ecke eines Raumes. Trutz setzte sich zu ihr.

›Meine Liebe, alles wird gut! Ich danke dir, dass du zu mir gehalten hast. Ich habe dir viel zugemutet und muss dich nun auch noch bitten, die Nacht über alleine mit dem Baby hier zu bleiben. Es ist mir zu riskant, den kleinen Kerl gleich auf die Jacht zu bringen. Morgen, im Laufe des Tages, bin ich wieder bei dir, bringe unsere Getreuen, den Transporter, Milch, Lebertran, Glucose, Babyflaschen und Sauger mit. Käptn wird sicher wissen, wie wir am schnellsten zu den Sachen kommen. Die Decken aus dem Wagen lasse ich dir hier, etwas Proviant ist auch noch da. Ich hoffe, das Baby wird dir die Zeit verkürzen.‹

Navina saß reglos, wie zu Stein geworden. Trutz umarmte sie. ›Bis bald‹, sagte er, ›ich beeil mich!‹

In einer Staubwolke verschwand das Auto. Navina war allein, in einem Gebäude mit rissigen Wänden und einem Strohdach, durch das ein blasser Mond schimmerte.

Ich wurde munter, krabbelte umher, rieb mich an Navina. Sie seufzte, kraulte mein Fell, dachte an den Löwentisch, über den Trutz und sie sich so gefreut hatten — aber jetzt? Sollte er ein böses Omen gewesen sein? Sie wollte ihn jetzt nicht sehen. Nach einer Weile nahm sie aus ihrer Handtasche Kugelschreiber und Notizblock und schrieb:

Mein Leben glitt dahin,
so, wie ein kleines Boot.
Ich hatte frohen Sinn
und kannte keine Not.

Gern gab ich einem Mann
fürs Leben meine Hand
und zeigte ihm alsdann
den Weg ins Löwenland.

Dort ich bekam ein Kind,
geboren hatt' ich's nicht —
ich stell mich taub und blind,
damit die Lieb' nicht bricht.

Nun halte ich im Arm
ein Löwenbabylein.
Es ist so lieb und warm —
und doch ist es nicht mein!

Wohin treibt nun das Boot?
Das Baby bleibt nicht klein!
Mein Herz, es ist in Not,
wollt' aber fröhlich sein!

Am nächsten Tag herrschte lärmendes Durcheinander auf dem
Gehöft. Sie waren da, Trutz, Käptn, Rajan und Vivek. Mit dem
Landrover und dem Transporter brachten sie alles, was Trutz für
mich angefordert hatte, dazu Lebensmittel für alle Zweibeiner,
Bekleidung, in der Eile mehr und bessere als dringend gebraucht
wurde, Haushaltsgegenstände und Baumaterial. Ich kam nicht
zur Ruhe, Rajan und Vivek waren übermütig in ihrer Freude
über mich und vergaßen, Käptn beim Entladen der Fahrzeuge zu
helfen. Trutz, der zuerst seine Frau begrüßt hatte, sprach schließlich ein Machtwort. Die Fahrzeuge wurden endlich entladen und

Ordnung geschaffen. Navina gab mir zu trinken. An die Fahrt nach Mumbai dachte keiner mehr.

Käptn zog Trutz in einen Nebenraum des Gehöftes. Die beiden wollten nicht gestört werden. Nur Navina hörte, während Rajan und Vivek sich wieder mit mir beschäftigten, dass die Männer leise und erregt miteinander sprachen. Über eine Stunde dauerte das Gespräch und niemand erfuhr, worüber sie gesprochen hatten. Das war auch nicht nötig. Für Navina war klar, dass Käptn, der Arzt und Freund von Wolfgang Nagel, Trutz die Leviten gelesen hatte, dass er aber vor derselben Entscheidung stand wie sie, den Sohn Wolfgang Nagels den Behörden auszuliefern oder sich dem Starrsinn von Trutz zu beugen.«

Roter stand auf, sah Käptn am Steuerstand und fragte: »Käptn, willst du nicht von der Taufe erzählen?«

»Ich bin jetzt nicht abkömmlich«, erklärte Käptn, »ich werde aber Vivek rufen. Er kann euch für kurze Zeit Gesellschaft leisten.«

Vivek kam. »Käptn«, sagte er, »hat mich gefragt, ob ich mich nicht für eine kleine Weile zu dir, Roter, setzen kann. Ich soll von deiner Taufe berichten. Also, ich setz' mich, wenn's recht ist, hierher und erzähle von der Taufe. Also, Herr Siebel, da war keine Kirche oder ein festlicher Saal, da war nur ein zerfallenes Gehöft. Aber die Taufe war doch feierlich und einzigartig, und wir werden sie nie vergessen.

Bevor es dazu kam, haben sich Käptn und Trutz lange unterhalten. Sie waren nicht bei uns und Navina hatte nichts dagegen, dass wir ihr das niedliche Löwenbaby abnahmen. Wir haben es auf den Arm genommen und gestreichelt und es hat an unseren Fingern gelutscht. Ja, Roter, du warst ein putziges Kerlchen. Du hast dich gefreut, wenn wir mit dir umhertollten. Als Trutz und Käptn zurückkehrten, fragte ich: ›Wie heißt das rote Löwenbaby?‹

›Es hat noch keinen Namen‹, erwiderte Trutz.

›Es ist rot. Können wir es nicht Roter nennen?‹, fragte Rajan.

›Wenn alle mit dem Namen einverstanden sind, müssen wir das Baby taufen!‹, meinte ich.

Alle waren mit dem Namen Roter und der Taufe einverstanden.
›Gut‹, sagte Trutz, ›Wasser haben wir. Taufen wir den Kleinen!
Aber wie heißt der Ort seiner Taufe?‹
›Roterhaus!‹, riefen Rajan und ich wie aus einem Munde. Auch
dieser Vorschlag fand Zustimmung. Navina, angesteckt von der
fröhlichen Stimmung, meinte:
›Das Baby soll eine schöne Taufe haben!‹
Sie breitete eine Decke aus und legte ein farbenprächtiges Tuch
darauf. Vor Jahren hatte sie es für ihre Aussteuer bestickt. Neben
die Decke stellte sie eine Schale mit Wasser. Nun wollte Trutz mit
der Taufe beginnen, aber Navina ließ es nicht zu.
›Wenn wir hier eine Taufe machen, dann bitte nicht in ange-
schmutzter Arbeitsbekleidung. Also zieht euch wenigstens etwas
Sauberes an!‹, sagte sie.
Wir Männer wechselten bereitwillig unsere Hosen und Hemden,
wir hatten unseren Spaß an den Vorbereitungen zur Taufe.
Navina vertauschte ihre blaue Bluse gegen eine weiße, die in
Sternform mit Lilien, Blüten und Blütenzweigen reich bestickt
war. Ihr roter Rock musste ebenfalls einem reich bestickten Klei-
dungsstück weichen, das auch Spiegelchen zierten. Große Ohr-
ringe, Armbänder und Stirnschmuck aus Silber und Elfenbein
vervollständigten ihre festliche Kleidung.
Trutz holte sich aus einer Reisetasche eine schwarze Hose und
ein weißes Hemd, das er über die Hose fallen ließ. Er schmückte
sich nach indischem Brauch mit einem langen schmalen Männer-
gürtel, den er so um den Körper schlang, dass ein Ende, über
eine Schulter gelegt, senkrecht herunter hing. Der Gürtel war
bestickt und zeigte einen Hügel mit einem stilisierten Lebens-
baum, der von einem Pfau gekrönt wurde.
Unser kleiner Liebling zeigte offensichtlich keinen Sinn für unser
Tun. Er wollte mit unseren Kleidungsstücken spielen und wir hatten es nicht leicht, ihn davon abzubringen.
Schließlich versammelten wir uns um die Decke. Navina setzte
das Löwenbaby auf das bestickte Tuch und hielt es fest. Feierlich
deklamierte sie:

›Was auch immer dein Leben bestimmt,
werd' groß und stark, du Löwenkind!
Das Glück sei treu dir an allen Tagen,
sollst allzeit *Roter* als Namen tragen!‹

Bei jeder Verszeile, die sie sprach, wurde der kleine Roter von
uns der Reihe nach mit einigen Tropfen Wasser bespritzt. Das
gefiel ihm nicht. Er zappelte und Navina hatte Mühe, ihn so
lange zu halten, bis die Taufe beendet war. Als Klein Roter den
Griff Navinas nicht mehr spürte, schüttelte er sich, bespritzte
unsere Kleidung, würdigte uns keines Blickes, krabbelte in eine
Ecke des Raumes, legte sich hin und schlief schnell ein. Selbst
der Duft unseres bescheidenen Essens, wir nannten es großmütig
›Festmahl‹ schien ihn nicht zu interessieren.«
Vivek schwieg einen Augenblick. Dann sagte er:
»Roter, es ist doch kaum zu glauben, wie du dich bis heute entwi-
ckelt hast. Zwischen deiner Taufe und heute — was gab es da nicht
alles an Ereignissen. Aber jetzt — die Arbeit ruft, du verstehst.«
»Ich danke dir!«, sagte Roter.
Vivek berührte kurz die Schulter des Löwen, machte, zu mir
gewandt, erneut eine leichte Verbeugung und verließ uns.
Wir gingen wieder in den Salon und Roter, der sich während der
Erzählung Rajans ausruhen konnte, setzte seinen Bericht fort:
»Als Trutz mit seiner Frau das Gehöft erkundete, dachte er, es
mit der Besatzung der Jacht in einem Jahr zum Stützpunkt ihrer
archäologischen Arbeit ausbauen zu können. Jetzt aber musste
wesentlich mehr Zeit eingeplant werden, um für mich angemesse-
ne Lebensbedingungen zu schaffen und mich notfalls auch für
kurze Zeit verbergen zu können. Trutz wusste, in zwei, drei Jahren würde ich ein ausgewachsener Löwe sein, der für seine Entwicklung Bewegungsfreiheit braucht. Alle zu schaffenden oder
umzubauenden Räume waren mit strapazierfähigen, gut ver-
schließbaren Türen zu versehen. Für mich galt es, einen Raum zu
schaffen, in dem ungestört mit mir gearbeitet werden konnte.
Dieser Raum war schalldicht zu gestalten. An die Stelle einer Tür

zum Hof musste eine Schiebewand eingesetzt werden, die im geschlossenen Zustand unsichtbar war.

Der schalldichte Raum mit seiner Schiebewand, das sei hier schon erwähnt, Herr Siebel, erwies sich in den folgenden Jahren mehrfach als notwendig, denn es konnte nicht ausbleiben, dass sich, wenn auch selten, Vertreter der Behörden zu einer Unterredung anmeldeten.

Es war also viel zu bedenken und nur mit eigenen Kräften zu tun, und die Tempelarbeit durfte dabei nicht vernachlässigt werden. Dass nicht alles auf einmal zu machen und zu bedenken war, zeigte sich bald.

Im Alter von zwei Wochen erlangte ich meine volle Sehkraft. Das förderte meine Unternehmungslust. Mit allen Ecken und Enden von Roterhaus wollte ich mich bekannt machen. Ich rieb mich an den Bäumen und merkte, dass ich an ihnen meine Krallen schärfen konnte.

Von dort lief ich in die Küche, in der niemand war. Ich konnte mich ungestört umsehen und staunte, was es da alles an Dingen gab, die ich mir nicht erklären konnte. Töpfe und Pfannen stieß ich beiseite, Teller und Tassen fielen klirrend zu Boden. Es machte mir Spaß, alles umherzuwerfen, was nicht niet- und nagelfest war. Beim Toben fiel ich in einen platzenden Sack und als ich mich herausarbeitete, sah ich verwundert, dass mein Fell weiß geworden war. Wo ich nun anstieß, überall gab es weiße Flecke. Es machte mir großes Vergnügen, alles im Raum weiß zu machen. Plötzlich hörte ich einen Schrei, erschrak, machte mich klein und sah: Navina stand in der Tür, entsetzt von der Bescherung.

Alle eilten herbei. ›Das schöne Geschirr! Und alles voller Mehl!‹, seufzte Navina.

›Das Geschirr lässt sich ersetzen‹, entgegnete Trutz. ›Roter hat getan, was seiner Natur entspricht. Ich bin der Schuldige, ich hätte die Neugierde und den Spieltrieb Roters berücksichtigen und daran denken müssen, dass es noch eine Weile dauert, bis wir die Türen haben, die wir brauchen.‹

Käptn sagte kein Wort. Er fuhr mit dem Landrover fort. Am

Abend gab es in Roterhaus Plaste- und Aluminiumgeschirr. Da war ich längst wieder ein roter Löwe. Nachdem mich Rajan am Brunnen abgespritzt hatte, legte mich Trutz an eine lange Kette. In der Folgezeit kam es mehrmals vor, dass Navina alleine Tempelarbeit leistete. Trutz nutzte jede freie Minute, um mein Reaktionsvermögen und meine Lernfähigkeit zu testen. Er, Rajan und Vivek lösten sich beim Fotografieren der Übungen ab. Gelegentlich stellte sich Käptn als stummer Beobachter ein.

Wie ich auf die Kommandos: ›Platz!‹, ›Komm!‹, ›Lauf‹!, zu reagieren hatte, brauchte Trutz mir nur einmal vorzumachen. Zufrieden mit meinen Reaktionen, nahm er einen Tennisball, zeigte ihn mir, ging mit mir über den Hof und durch alle Räume, legte den Ball in eine Zimmerecke und ging dann mehrmals mit mir, in wechselnder Reihenfolge, alle Gänge und Wege von Roterhaus ab. Wie ein anhänglicher und gut dressierter Hund begleitete ich Trutz auf Schritt und Tritt. Ich glaubte, dass er mich belohnen wollte, denn er spielte nun mit mir Fangen und ließ mich nach Herzenslust auf dem Hof herumtollen. Schließlich zeigte er mir seine leeren, halbkugelförmig zusammengelegten Hände. Ich rannte los und brachte ihm den Ball. Trutz lobte mich, streichelte mein Fell, gab aber keine Ruhe. Er balancierte auf einem langen Balken. Mit einem Satz war ich in seinem Rücken, stupste ihn vergnügt mit dem Maul. Wir beide freuten uns über das Miteinander. Nun legte Trutz ein Muster aus Baumscheiben, zeigte es mir und warf dann die Baumscheiben auf einen Haufen. ›Nachmachen!‹, sagte er und zeigte auf die Baumscheiben. Ich verstand, was Trutz wollte. Aber mit meinen Tatzen hatte ich es schwer, das gleiche Muster mit den Baumscheiben herzustellen. Erst nach einigen Versuchen gelang es mir. Zum Lohn für meine Leistungen servierte mir Trutz mein Lieblingsfutter, Hirn.

In der Zeit, in der Trutz mit mir diese und andere Übungen machte, musste Navina nachts nicht selten auf ihren Bettgefährten verzichten. Trutz saß in dem noch immer nur notdürftig eingerichteten Arbeitszimmer am Löwentisch, wälzte Bücher über

Tiermedizin und machte sich viele Notizen. Am Tage unterbrach er mehrmals seine Übungen mit mir und untersuchte mich auf Herz und Nieren. Oft musste ich mein Maul aufreißen und er fuhr mit einer Hand in meinen Rachen. Ich fand das amüsant und dachte: ›Was will er da? Er hat Glück, dass ich nicht zubeiße!‹

Als Trutz die theoretischen Arbeiten für seine Vorhaben abgeschlossen hatte, bat er Käptn, ihm seine Überlegungen vortragen zu können. Käptn war einverstanden, aber mit Erklärungen von wenigen Stunden gab er sich nicht zufrieden. Zwei Nächte dauerte die Unterredung, in der es um meine Zukunft und um Operationen ging, die Trutz an mir durchführen wollte. Käptn warnte, äußerte viele Bedenken und zwang Trutz durch seine Fragen zu umfassenden und sehr detaillierten Aussagen. Trutz war es recht. Er sah sich in seiner Arbeit bestätigt und war nicht in Verlegenheit zu bringen.

An einem Sonntagmorgen, das Frühstück hatten alle gemeinsam eingenommen, bat Trutz um Aufmerksamkeit für einen Lichtbildervortrag. Er zeigte Bilder von dem Training mit mir, die eine für Löwen ungewöhnliche Intelligenz und schnelle Auffassungsgabe verdeutlichten. Die Fotografen Rajan und Vivek klatschten Beifall. Navina verhielt sich, wie auch Käptn, reserviert. Navina wusste nur, wenn Trutz nachts nicht neben ihr lag, dass er im Arbeitszimmer an medizinischen Problemen arbeitete. Sie hatte Angst vor dem, was sie nicht kannte, vor dem, was Trutz nun sagen würde.

›Jetzt‹, sagte Trutz, ›zeige ich euch Aufnahmen von den besten Löwendressuren der Welt. Diese Löwen wurden, wie unser Roter, schon im Babyalter mit den Menschen vertraut gemacht. Es wurde jahrelang mit ihnen an Dressuren gearbeitet, für die wir mit Roter nur Tage benötigen würden. Wir wollen jedoch aus Roter keinen Zirkuslöwen machen, der seinen engen Käfig nur zur Dressur oder zur Vorstellung verlassen darf. Es ist an der Zeit, über das weitere Leben unseres geliebten Löwen eine Entscheidung zu treffen. Wir dürfen seine ungewöhnliche Intelligenz nicht ignorieren, wir müssen ihn befähigen, sie zu seinem Vorteil nutzen zu können.‹

Herr Siebel«, sprach mich Roter nun direkt an, »Jahre später, nach diesem denkwürdigen Tag, der für mein weiteres Leben entscheidende Bedeutung erhalten sollte, konnten mir Rajan und Vivek noch einen genauen Bericht über das geben, was Trutz vorgetragen hatte und was alle sehr bewegte.

Trutz fuhr fort: ›Bei Roter gibt es einen auf natürliche Weise nicht lösbaren Widerspruch. Sein Körper und seine geistigen Fähigkeiten harmonisieren nicht miteinander. Er kann nicht sprechen und sein Denken und Fühlen kann sich ohne Sprache nicht weiter entwickeln. Wie unendlich viel geht ihm dadurch an Wissen, an Erkenntnissen und an Erlebnissen verloren!‹

Trutz zeigte jetzt Fotos und Zeichnungen vom Kopf eines Löwen. Dann sagte er:

›Mit so einem Schallraum des Mauls, mit so einem Rachen, mit dieser Zunge, mit diesen Stimmbändern wird Roter nie sprechen können. Deswegen sind einige Operationen unumgänglich und sie werden nicht einfach sein.‹

›Trutz!‹, rief Navina entsetzt, doch bevor sie weitersprechen konnte, mahnte sie der Vortragende:

›Navina, bitte! Du weißt, wie viele Nächte ich durchgearbeitet habe. Ich habe nach einem Weg gesucht, der Roter ein sinnerfülltes Leben ermöglichen kann. Er hat es nicht verdient, dass seine Fähigkeiten verkommen. Ich bin immer noch, das muss ich euch jetzt ohne Eitelkeit sagen, ein weltweit anerkannter Tierarzt und es gehört zu meinem Beruf, auch wenn es noch so schwer sein mag, Tieren zu helfen. Ich sage aber auch, diese Operationen, die noch nie auf der Welt durchgeführt wurden, sind nicht ohne Risiko. Deswegen werden wir jede Operation lange und gründlich vorbereiten. Ich brauche euch als Assistenten. Jeden Handgriff, den ihr tun müsst, werden wir so lange üben, bis ihr seine Zweckmäßigkeit erkannt habt und er euch in Fleisch und Blut übergegangen ist. Es ist nicht damit zu rechnen, dass bei einer der Operationen etwas eintritt, was ich nicht vorhersehen konnte. Bei unserem Training werden wir aber auch eine solche Möglichkeit nicht außer Acht lassen. Ich denke, in einem Jahr etwa habe ich

euch alles beigebracht, was ihr, als meine OP-Helfer wissen und
können müsst. Ich bin zuversichtlich, denn ich weiß, ihr habt
einen hellen Verstand und geschickte Hände. Natürlich müsst ihr
OP-Bekleidung bekommen und ich muss meinen Bestand an
Medizintechnik und Medikamenten erweitern, bevor wir die
erste Operation in einem dafür besonders eingerichteten Raum
durchführen. Roter ist ein kräftiger Bursche mit einem starken
Herzen, er wird sich bald an die Veränderungen an seinem Körper gewöhnen. Ich denke, in etwa zwei Jahren hat er alle Operationen, auch das Kastrieren, gut überstanden. Alle Unannehm-
lichkeiten lassen sich in dieser Zeit natürlich nicht vermeiden. Er
wird viel von seinem Haarschmuck verlieren und einige Wochen
nur künstlich ernährt werden können. Wir alle werden Opfer an
Zeit und Kraft bringen müssen, aber ich denke, wir werden es
gerne tun. Ein dankbarer, fröhlicher Roter wird unser Lohn sein.‹
Trutz, der hinter seinem Stuhl stehend gesprochen hatte, setzte
sich. Einen Augenblick herrschte bedrückende Stille im Raum.
Dann rief Navina, und ihre Stimme klang verzweifelt und Hilfe
suchend:
›Käptn, was sagst du dazu? Sag' doch etwas!‹
›Navina‹, sagte Käptn, ›Ich verstehe dich. Wir alle lieben Roter,
als wäre er unser Kind. Und trotzdem denke ich wie du: Er hätte
im Nationalpark bleiben sollen. Dort hatte er seine Mutter, seine
Geschwister als Spielgefährten, dort konnte er, wie andere Tiere,
durch Wald und Feld streifen, dort war sein natürliches Zuhause.
Dass man ihn als roten Löwen dort gelassen hätte, ist allerdings
nicht anzunehmen. Nun ist er in Roterhaus, ist sehr jung und fühlt
sich bei uns wohl. Aber was wird sein, wenn er ein ausgewachsener Löwe ist? Wird er sich bei seinen Fähigkeiten und seiner
Intelligenz hier nicht beengt fühlen? Wird er uns nicht um unsere
Freiheit beneiden? Es heißt: ›Wer A sagt, muss auch weiter buch-
stabieren.‹ Wir müssen alles tun, damit Roter Aufgaben erhält,
die ihn fordern und fördern. Wir sollten Geduld haben. Es ist
nicht auszuschließen, dass eine Zeit kommt, in der wir uns mit
Roter außerhalb von Roterhaus sehen lassen können. Das, was

Trutz vorschlägt, ist ein Experiment. Ich denke, es reiht sich ein in die ungezählten Fälle von Experimenten, ohne die die Menschheit noch in der Steinzeit leben würde. Ich habe nach langen Gesprächen mit Trutz keinen Zweifel, dass die Operationen gelingen — was sie im Endeffekt bewirken, kann heute noch nicht mit völliger Bestimmtheit vorausgesehen werden.‹

»Die Rede Käptns beeindruckte alle. Es kam selten vor, dass er so lange sprach.

Nach einem drückenden Schweigen mahnte Navina noch einmal:

›Bei allen Besonderheiten‹, sagte sie, ›Roter ist ein Löwe. Haben wir das Recht, ihm unnatürliche Eigenschaften aufzuzwingen? Soll nicht jedes Tier seiner Art gemäß leben?‹

Trutz entgegnete ihr: ›Roter bleibt auch nach den Operationen ein Löwe, und mit Sicherheit wird er ein längeres und interessanteres Leben haben, als die Löwen im Gir-Nationalpark.‹

Bereits nach zwei Tagen übergab Trutz Navina, Käptn, Rajan und Vivek einen Arbeitsplan für die nächsten Wochen. Er berücksichtigte die Fortführung der Tempelarbeit, die weitere Arbeit an Roterhaus und die ersten Vorbereitungen für die Operationen. Trutz hatte für sich, was er für selbstverständlich hielt, das größte Arbeitspensum vorgesehen. Er stellte den Plan zur Diskussion. Widerspruchslos wurde er akzeptiert. Niemand war in der Lage, seinen Überlegungen etwas Konstruktives hinzuzufügen oder entgegenzusetzen.

In Roterhaus gab es immer eine lebhafte Betriebsamkeit. Mit Verwunderung bemerkte ich, dass sie plötzlich noch verstärkt wurde. Der Transporter brachte viele blitzende Gegenstände, die ich noch nie gesehen hatte und deren Zweck ich mir nicht erklären konnte. Aber bald merkte ich, dass alle Aktivitäten mir galten. Ich hatte jedoch keine Ahnung, was man mit mir vor hatte. Nervös geworden, lief ich auf dem Hof hin und her, aber niemand kümmerte sich um mich. Schließlich, das erzählte mir Navina später, wurden meinem Fressen Beruhigungsmittel beigefügt. Dann kam ein Tag, an dem ich hungern musste, an dem alle

Haare an meinem Kopf restlos beseitigt wurden und am nächsten Morgen wurde ich operiert.

So war es vor jeder Operation und von keiner merkte ich etwas. Navina war eine hervorragende Anästhesistin.

Als ich nach der ersten Operation aufwachte, hatte ich es schwerer als bei späteren Operationen, mich zurechtzufinden. ›Was‹, so dachte ich damals, ›habe ich in meinem Maul? Was ist mit meinem Maul?‹ Ich konnte es nicht mit meinen Tatzen erfühlen. Da war etwas, dass ich nicht wegreißen konnte, das mich hinderte, an mein Maul heranzukommen. Verwundert sah ich, dass ich auf einem weißen Tuch lag. Trutz trat zu mir. Er sagte etwas. Es sollte wohl heißen: ›Bleib ruhig, alles ist gut, du bist bald wieder gesund.‹

Nach jeder Operation fühlte ich mich sehr schlapp, ich war froh, wenn ich ruhen konnte. Meine Bewegungsmöglichkeiten waren unangenehm eingeschränkt und die künstliche Ernährung fand ich abscheulich. Was mir half, die Zeit nach den Operationen gut zu überstehen, das war vor allem die ständige, liebevolle Betreuung aller Bewohner von Roterhaus.

Damit ich während der Dauer meiner Genesung nicht in Lethargie verfiel und die Zeit effektiv genutzt wurde, hatte Trutz sich etwas ausgedacht. Jeder, der mich besuchte, musste mir möglichst oft den Buchstaben ›A‹ vorsprechen. Ich hörte ihn ungezählte Male. Nach einer Weile wurde der Buchstabe ›B‹ hinzugefügt.

Immer noch war ich schwach auf den Beinen, spürte aber, dass ich mich zunehmend erholte. Auf das vorgesprochene ›A‹ reagierte ich jetzt mit einem unverständlichen Laut. Als ich dann auf den Buchstaben ’B’ mit einem anderen Laut reagierte, war das für Trutz eine Bestätigung für die Richtigkeit der Arbeit, die mit mir geleistet wurde. In jeder freien Stunde, die die Tempelarbeit ihm ließ, arbeitete er mit mir, sprach mir Buchstaben vor und schrieb sie auf eine Wandtafel. Allmählich lernte ich, welche Buchstaben zu welchen Schriftzeichen gehören. Es war für mich eine spannende Betätigung. Sie gefiel mir.

Natürlich wusste Trutz, dass ich, wie jeder Schüler, auch Pausen brauchte, und dass viel Bewegung Kopfarbeit fördern konnte. An lernfreien Nachmittagen fühlte ich mich meist unbeobachtet, wenn ich auf dem Hof herumtollte. Eines Tages gelang es mir, mich mit den Vorderpfoten an einem der Bäume im Hof ein Stück hochzuziehen. Ich staunte über den herrlichen Blick, den ich auf die Umgebung unseres Gehöftes hatte. Aber leider sah ich plötzlich auch, dass Trutz auf den Hof kam. Er sah mich auf einem der Äste sitzen und fürchtete meine Entdeckung durch Bauern, die in der Umgebung Feldarbeit leisteten. Trutz forderte mich auf, unverzüglich zu ihm zu kommen. Das war leicht gesagt, aber das Herunterklettern war viel schwieriger, als ich gedacht hatte. Die letzten Meter schaffte ich mit einem Sprung zur Erde. Ungewollt riss ich dabei Trutz zu Boden. Wir wälzten uns umeinander. Mit eingezogenen Krallen ließ ich Trutz meine Stärke spüren. Ich ritt auf seiner Brust. Er keuchte unter meinem Gewicht. Das machte mir Spaß und unwillkürlich brüllte ich triumphierend. Von mir selbst überrascht, ließ ich Trutz los. Navina hatte von der Küche aus alles beobachtet.

›Siehst du‹, rief Trutz ihr zu, ›er ist Löwe geblieben!‹

›Ein bisschen eigenartig klang sein Gebrüll!‹, meinte Navina.

›Stimmt‹, bestätigte Trutz, während er Staub von seiner Kleidung entfernte, ›aber es war doch das Gebrüll eines Löwen!‹

Wenig später wurde heftig an das Hoftor geklopft. Das war noch nie geschehen. Trutz beschwor mich mit hastigen Gesten und Worten, nicht noch einmal zu brüllen, drängte mich in meinen Raum und schob die Schiebewand vor.

Navina öffnete das Tor. Trutz hörte, wie sie zu aufgeregten Männern sprach: ›Sie können unbesorgt sein, was Sie gehört haben, waren Tonbandaufnahmen, die wir im Nationalpark gemacht haben. Es kann sein, dass Sie noch manchmal Löwengebrüll hören. Dann lassen wir das Band zu Studienzwecken laufen. Mein Mann ist zwar, wie Sie wohl inzwischen gehört haben, Archäologe, aber er interessiert sich auch für die wilden Tiere dieses Landes.‹

Die Bauern gingen, den Löwen auf dem Baum hatten sie nicht

gesehen. Trutz war erleichtert. Es bedurfte keiner Worte, liebevoll und dankbar umarmte er seine Frau.

Beim Abendessen erklärte Trutz: ›Morgen müssen die Bäume abgesägt werden!‹

Navina protestierte: ›Unmöglich! Unsere Schattenspender! Die schönen Bäume!‹

›Das Schönste am ganzen Hof!‹, gaben die Brüder Lal zu bedenken.

›Schade um die Bäume ist es‹, gab Trutz zu, ›aber wer von euch garantiert mir, dass die Kletterei sich nicht wiederholt?‹

›Ich!‹, sagte Käptn.

Zwei Tage später hatten die Bäume breite Eisenringe, die ich nicht überwinden konnte. Trutz tat ein Übriges, er beschnitt meine Krallen. Es war das erste Mal, dass ich eine Einengung meiner Bewegungsfreiheit mit anhaltendem Unwillen spürte. Damals bedachte ich nicht, dass mein erster Besuch in der Küche und nun mein Klettern auf einen Baum den immer viel beschäftigten Käptn zu nicht geplanten Fahrten nach Veraval veranlassten. Es war nicht damit zu rechnen, dass solche Einsätze immer möglich waren. Deswegen beschloss Trutz in Abstimmung mit Käptn, Rajan die Möglichkeit zum Erwerb eines Führerscheins zu geben. Rajan erwies sich bald, wenn Käptn in Roterhaus unabkömmlich war, als ein zuverlässiger Fahrer.«

Roter bemühte sich um gut formulierte Sätze. Nicht selten suchte er nach passenden Worten. Er sprach sehr langsam und so, dass ich ihn nur mit Mühe und voller Konzentration verstehen konnte. Ich drohte zu ermüden und Roter, der mit zunehmender Anstrengung und sichtbarer Erregung sprach, schien es ähnlich zu gehen.

›Er überfordert sich‹, dachte ich und sagte:

»Entschuldigen Sie, Roter, wenn ich Sie unterbreche. Ich habe Ihnen aufmerksam zugehört und Sie dabei beobachtet. Meine Hochachtung zu Ihrer außergewöhnlichen Leistung! Aber jetzt sollten Sie sich wieder eine Pause gönnen. Der frische Wind an Deck könnte uns beiden gut tun.«

Roter war einverstanden und ging mir voraus. Wir standen an der Reling, boten dem Wind die Stirn und genossen die frische Luft. Dunkel und geheimnisvoll lag die See vor uns. Leise plätscherten die Wellen. Es war wie ein Murmeln immer gleichen Gesangs. Der Mond blickte als schmale Sichel hinter Wolkenschleiern hervor. Nur wenige Sterne waren zu sehen. Wir schwiegen. Roter atmete schwer. Käptn trat zu uns.

»Roter«, sagte er, »ich denke, Vivek hat euch gut unterhalten und du entkleidetes Gespenst hast, wie ich aus eurem langen Beisammensein schließen kann, wohl doch noch gefunden, was du unbedingt finden wolltest?«

»Ja, Käptn, ja! Meine ständige Bettelei, nun brauchst du sie nicht mehr ertragen!«, antwortete der rote Löwe.

Ich fragte: »Käptn, wo befinden wir uns?«

»Gleich auf Höhe Heide«, antwortete er. »Wollen Sie jetzt zurück auf Ihre Insel?«

Roter antwortete für mich: «Herr Siebel ist bereit, meine Geschichte vom Anfang bis zum Ende aufzuschreiben. Es wird noch eine Weile dauern, bis ich alles gesagt habe. Ich bin dir sehr dankbar, Käptn, dass du meinetwegen diesen Umweg gemacht hast, obwohl du gerne den direkten Kurs nach Hamburg gefahren wärst. Es war eine schwere Entscheidung für dich, mich auf Sylt alleine an Land gehen zu lassen. Hab Dank, Käptn! Für alles vielen, vielen Dank!«

Roter umarmte Käptn so heftig, dass der um seine Knochen bangen musste. Er hatte Mühe, sich aus der Umklammerung zu lösen.

»Roter, was ist los mit dir? Ihr solltet euch in die Horizontale begeben!« stieß er hervor.

»Noch nicht, Käptn. Stell die Automatik ein, du kannst dich hinlegen.«

»Nacht!« knurrte Käptn. »Die Automatik ist eingestellt.« Abrupt wendete er sich ab und verschwand in der Kajüte.

»Das ist Käptn«, sagte Roter, »raue Schale, aber ein Herz aus Gold. Machen wir noch eine Runde?«

Ohne meine Zustimmung abzuwarten, ging Roter zum Heck. Vor den schlaff hängenden Fahnen blieb er stehen.

»Hier habe ich während der Fahrt oft gestanden«, sagte er. »Ich hatte das Bedürfnis, allein zu sein. Mir war, als lausche die Fahne Indiens meinen lautlosen Selbstgesprächen. Fallen Sie nicht! Hier liegt die Reservekette für den Anker.«

Im Salon setzte Roter seinen Bericht fort: »Mit der Zeit gelang es mir, alle Buchstaben des Alphabets, wenn auch schwer verständlich, auszusprechen und kleine, einfache Worte zu lesen. An Hand bunter Kinder- und Jugendbücher ... «

Ich unterbrach den Löwen: »Roter«, sagte ich, »entschuldigen Sie, wenn ich Ihnen ins Wort falle. Bitte lassen Sie mich raten, welchen Eindruck die Kinder- und Jugendbücher auf Sie gemacht haben. Es wäre für mich eine Prüfung, inwieweit ich mich noch an meine eigene Kindheit und Jugend erinnern kann und ob ich noch über die journalistische Fähigkeit verfüge, aus bloßen Andeutungen Geschehnisse zu rekonstruieren.«

»Einverstanden«, entgegnete Roter, »ich bin sehr gespannt, was Sie zu meiner Begegnung mit Kinder- und Jugendbüchern sagen werden.«

»Lachen Sie mich nicht aus, wenn ich in meiner Einschätzung daneben tippe. Ich denke, durch die Bücher lernten Sie ein Stück Welt kennen, ein sehr kleines Stück, aber doch so viel, dass Sie sehr erstaunt waren, was es alles gibt, was Sie bisher nicht wahrnehmen konnten. Da waren Tiere, Pferde genannt, auf denen Menschen ritten; viele, viele andere Tiere von unterschiedlichster Gestalt und Größe, die Sie nach und nach kennen lernten, Tiere, die von Menschen geliebt und Tiere, die gejagt wurden. Da war Wasser, das, entsprechend seiner Ausdehnung, Lage und Beschaffenheit viele Namen hatte: Teich, Tümpel, Bach, Fluss, See, Meer, oft bewohnt von Tieren, das waren Fische, die auf dem Wasser und unter dem Wasser schwimmen konnten.

Sie, Roter, waren überrascht, dass es auch dunkelhäutige Menschen gibt und große Häuser, dicht gedrängt zu Städten, und riesige Wälder und Berge, die bis in die Wolken reichen und

Tiere, die fliegen können, sogenannte Vögel und Menschen, die schneller sind als Vögel, wenn sie in einer Maschine sitzen, Flugzeug genannt. Sie, Roter, sahen Wüsten und Quellen, Brücken und Täler und Instrumente, mit denen man Musik machen kann, und Menschen mit vielerlei Tätigkeiten und vielerlei Werkzeug. Sie sahen dies alles und noch viel mehr und Sie sahen es in Zusammenhängen, sahen einfache Begebenheiten und lernten auch sie beim Namen zu nennen. Die Fülle des für Sie Neuen drohte Sie zu überwältigen. Langsam, sehr langsam, begannen Sie auch die Wesensart, einige Anschauungen und Konflikte von Menschen zu verstehen. Das Leben wurde für Sie immer interessanter, aber all das Gesehene und Gehörte weckte auch Begehrlichkeiten in Ihnen.«

»Herr Siebel«, meldete sich jetzt wieder der Löwe zu Wort, »Sie haben sich schnell in meine Erlebniswelt, in mein Denken und Fühlen versetzen können. Es stimmt alles, was Sie gesagt haben, obwohl Sie natürlich manches anders formulierten, als ich es getan hätte. Trutz dachte nicht daran, dass ich Zeit brauchte, um die mich bedrückende Menge von Neuigkeiten in Ruhe verarbeiten zu können. Immer wieder, wenn er selbst nicht abkömmlich war, schickte er einen der Brüder Lal zu mir, damit mir die Seiten von Büchern umgeschlagen und Bilder und Texte erläutert wurden. Die Brüder machten das so einfühlsam, dass ich ihren Erklärungen bereitwillig folgte. Dabei wurde nicht nur ihnen und mir viel abverlangt. In Roterhaus gab es immer etwas, was verbessert oder ausgebessert werden musste. Dabei durfte, schon um keinen Verdacht zu erregen, die Tempelarbeit nie vernachlässigt werden.

Nicht leicht zu beschaffen war, was ich täglich an Fleischportionen benötigte. Damit der hohe Fleischverbrauch von Roterhaus nicht auffiel, mussten die Einkaufstellen oft gewechselt werden.

In Roterhaus hatten alle das Empfinden, einer Familie anzugehören. Niemand dachte daran, Arbeitsstunden abzurechnen. Nicht immer waren alle einer Meinung, auch Fehler wurden gemacht, aber nie wurde dadurch das Gefühl der Zusammengehörigkeit

beeinträchtigt. Ich freute mich, einer solchen Gemeinschaft anzugehören, aber manchmal dachte ich auch: ›Lasst mich in Ruhe!‹
Trutz war es, der mich immer wieder mit neuen Anforderungen
überraschte. Er übte mit mir den aufrechten Gang. Mit einer
Hofrunde gab er sich bald nicht zufrieden. Es schien ihn nicht zu
stören, dass ich bei längerem Gehen auf den Hinterbeinen mich
quälen musste. ›Ohne Schweiß kein Preis!‹, sagte er, aber immer
öfter stellte ich mir die Frage: ›Muss ich denn immer tun, was er
sagt?‹.
Eines Tages, der Transporter stand auf dem Hof und ich fühlte
mich unbeobachtet, wollte ich meine Sprungkraft erproben. Ich
übersprang das Fahrzeug, ohne es zu berühren, von der Seite.
›Wenn du von vorne auf die Kühlerhaube springst‹, überlegte
ich, ›kommst du von da leicht zum Stand auf dem Dach‹.
Gedacht, getan. Auf den Hinterbeinen stehend, blickte ich vom
Dach des Transporters über die Mauer hinweg auf die umliegen-
den Felder. [10] Käptn kam auf den Hof, sah mich.
›Komm runter‹, rief er mir zu, ›sonst gibt's Ärger!‹
›Käptn, hier kann ich über die Mauer sehen, das ist schön!
Warum darf ich nicht raus?‹
›Du weißt es. Komm runter! Es ist besser, wenn Trutz dich nicht
da oben sieht!‹
›Ich seh ihn aber‹, sagte Trutz, der gerade von einer Tempelarbeit
kam. ›Komm sofort runter!‹, befahl er.
Ich sprang vom Transporter, fauchte und knurrte Trutz an, legte
mich in eine Hofecke und mimte den Unansprechbaren. Trutz
drängte mich in meinen Raum. Ich bekam Hausarrest.
Tagelang fraß ich nichts. Nur die Bücher, deren Seiten Rajan und
Vivek mir umblätterten, interessierten mich. Meinetwegen ver-
zichtete Käptn weitgehend auf die Hilfe der Brüder beim Anbrin-
gen von Eisenblechen an der Mauer und an den Flachbauten, die
mir die Lust auf weitere Hochsprünge nehmen sollten. Sie machten mir ein Drauf- oder Überspringen unmöglich. Immerhin
waren damit aber von Käptn die Voraussetzungen geschaffen
worden, dass mein Hausarrest aufgehoben werden konnte. Nur

wenn der Transporter auf dem Hof stand oder Besucher Roterhaus betraten, durfte ich meinen Raum nicht verlassen.

Es dauerte nicht lange, da musste ich mich wieder hinter der Schiebewand verkriechen. Vertreter der staatlichen Behörde von Veraval besuchten Roterhaus. Den Beamten entgingen nicht die Veränderungen an den Bäumen, den Flachbauten und der Mauer. Käptn klärte sie auf:

›Wissen Sie‹, sagte er, ›ich habe mich als Deutscher schon in Deutschland für abstrakte Kunst interessiert. Dr. Nagel und seine Frau waren so liebenswürdig, mir diese Art künstlerischer Betätigung zu erlauben.‹

Mit dieser Aufklärung zufrieden, vertieften sich die Beamten in die Aufzeichnungen und Berechungen, die Trutz und Navina zu ihrer Tempelarbeit vorweisen konnten.

Als die Beamten gegangen waren, durfte ich endlich wieder auf den Hof, aber nach Herumtollen war mir nicht zumute. Ich fühlte mich von der Freiheit, die alle in Roterhaus genossen, ausgegrenzt. Wenn nicht Rajan oder Vivek mit Büchern bei mir waren, lag ich in einer Hofecke und grollte mit meinem Schicksal. Trutz sorgte dafür, dass ich dann von niemandem beachtet wurde.

Eines Tages aber brach er selbst den Bann. Er legte sich neben mich. Wir schwiegen. Ziemlich lange.

Schließlich sagte Trutz: ›Wir sind beide unzufrieden.‹

Ich schwieg.

›Das Leben ist für uns leichter, wenn wir uns vertragen.‹

Ich schwieg.

›Ich liebe dich, Roter!‹

›Auf deine Weise!‹

›Ja, ich, wir alle lieben dich. Würden wir sonst mit dir und für dich arbeiten, damit du deine Fähigkeiten sinnvoll nutzen kannst? Haben wir dir nicht einen eigenen Raum zur Verfügung gestellt und Roterhaus so gestaltet, dass auch du dich hier wohl fühlen kannst?‹

›Vor allem, seit die Eisenbleche da sind!‹

›Die stören uns alle, Roter, aber noch sind sie notwendig.‹

›Euch stören sie? Warum? Jeden Tag könnt ihr Roterhaus verlassen, aber ich?‹

›Wenn wir draußen sind, arbeiten wir. Wie jeder Mensch haben wir Verpflichtungen und müssen selbst für unseren, also auch deinen Unterhalt sorgen. Du bist einmalig! Du brauchst Sicherheit, brauchst unseren Schutz, auch vor eigener Unbedachtheit.‹

›Das ist es! Ich gehöre nicht mir selbst! Du bestimmst über mein Leben! Warum hast du gewollt, dass ich sprechen und lesen lerne? Warum? Damit ich Sehnsucht nach einer Welt bekomme, die ich nicht betreten darf? Trutz, du bist grausam!‹

Trutz schwieg eine Weile, dann sagte er: ›Roter, wir, die wir immer mit dir zusammen sind, verstehen dich recht gut. Wenn du so sprechen gelernt hast, dass auch andere Menschen dich gut verstehen, dann werden wir dir die Welt zeigen, die du jetzt nur von Büchern und unseren Gesprächen kennst. Ich verspreche es dir. Lass uns weiter fleißig zusammen arbeiten, damit wir unser gemeinsames Ziel bald erreichen!‹

Ich ließ mich überreden. Wir arbeiteten intensiv weiter, Monat für Monat, aber meine Aussprache verbesserte sich nur minimal. Meine Sehnsucht nach Freiheit blieb, sie ließ sich nicht unterdrücken. Alle spürten meinen Unmut, empfanden, beunruhigt, eine Störung des guten Miteinander in Roterhaus. Navina war unglücklich, weil Trutz seine Pläne mit mir nicht aufgeben wollte, weil er sich ihren Bitten, Mahnungen und Argumenten verschloss.

Die Regenzeit stand wieder bevor. Umfangreiche Vorräte waren zu beschaffen. Käptn belud den Transporter mit Leergut. Gehorsam überschritt ich nicht die Schwelle meines Raumes. Als sich aber Käptn wieder einmal vom Fahrzeug entfernte, war ich mit wenigen Sätzen beim Transporter, sprang in den Laderaum desselben und versteckte mich hinter einem Stapel Kisten. Gleich darauf kam Käptn mit leeren Körben. Er warf sie in den Laderaum und setzte sich ans Steuer. Rajan öffnete das Tor.

Es war eine herrliche Fahrt, vorbei an großen Erdnussfeldern. Ich war glücklich, richtete mich auf und umfasste, als Zeichen meiner

Zuneigung, eine Schulter von Käptn. Der Transporter kam ins Schlingern, Käptn steuerte ihn reaktionsschnell an den Straßenrand und bremste scharf. Mein Maul donnerte gegen seinen Hinterkopf. Für uns beide war es ein schmerzhafter Zusammenprall.

›Roter! Was machst du für Sachen!‹, schimpfte Käptn, aber sein Ton war nicht unfreundlich. Er kletterte über die Vordersitze und setzte sich zu mir in den Laderaum.

›Roter! Roter! Wir hätten einen Unfall bauen können! Ich werde lange unterwegs sein und muss dich jetzt schnell zurückbringen.‹

›Käptn, bitte ...‹

Käptn ließ mich nicht ausreden: ›Was du willst, geht nicht, das weißt du selbst. Du musst auch Trutz verstehen. Er hat sich mit dir ein Ziel gesetzt. Dafür verausgabt er sich mit all seinen Kräften. Wir sorgen uns zunehmend um ihn. Er soll sich über dich nicht aufregen müssen. Sei vernünftig! Für eine Diskussion ist jetzt keine Zeit!‹

Käptn gab mir einen aufmunternden Klaps, schwang sich wieder auf seinen Fahrersitz, wendete und fuhr mit hoher Geschwindigkeit zurück. Ich war hingerissen vom Anblick der Landschaft, die scheinbar an uns vorbeiflog.

Der Transporter hielt vor Roterhaus. Am Tor erkundete Käptn die Lage. Dann drängte er mich auf den Hof und ging eilig ins Haus. Trutz, von einem kurzen Tempeleinsatz zurückgekommen, sah ihn und wunderte sich: ›Nanu, Käptn, du kannst doch noch nicht zurück sein?‹

›Hab was vergessen.‹

›Wirst wohl alt?‹

›Du hast es erraten‹, erwiderte Käptn. Er ging in sein Zimmer, öffnete und schloss geräuschvoll die Schublade einer Kommode und verließ den Raum. Trutz war nicht mehr zu sehen, aber Navina kam zu ihm, sah ihn erstaunt an. Käptn legte einen Arm um ihre Hüfte und wies auf mich. Ich spielte die Unschuld vom Lande.

›Der Missetäter!‹; sagte Käptn.

Navina gab Käptn einen Kuss auf die Wange, ging mit ihm zum Tor und winkte dem sich schnell entfernenden Transporter nach.
Ich war noch in Gedanken bei den Eindrücken meines soeben erlebten Abenteuers, als Trutz zu mir trat und mit mir an meiner Aussprache arbeiten wollte. Als er meinen Unwillen spürte, ließ er sich etwas anderes einfallen. Er übte mit mir die Bildung von kleinen Sätzen, die Beantwortung von Fragen, und an den folgenden Tagen auch das Erzählen eigener Erlebnisse. Das waren für mich schwierige Aufgaben, aber es reizte mich, sie zu lösen. Ich arbeitete sehr konzentriert. Trutz freute sich über meinen wieder erwachten Eifer, wollte aber immer wieder mit mir an meiner Aussprache arbeiten. Er musste spüren, dass ich dazu keine Lust hatte, aber das schien ihn nicht zu beeindrucken. Er verlangte schließlich noch, dass ich bei den Übungen anständig auf einem Stuhl saß.
Wieder verging Monat für Monat. Ich wurde immer leichter erregbar. Auch Trutz veränderte sich. Er verlor die Frische und die Lockerheit, die ihn im Umgang mit uns ausgezeichnet hatte. Ich merkte, wie er sich zunehmend zwingen musste, freundlich mit mir zu sprechen. Sehr viel hatte er bei mir erreicht, mehr vielleicht, als er ursprünglich gedacht hatte. Ich glaube, mit meinen Fortschritten trieb ich seine Wünsche in die Höhe, ließ Trutz unzufrieden sein mit dem Erreichten, weil er glaubte, dass es noch nicht das Erreichbare war. Trutz musste aber erkennen, dass die Zeit relativ rascher Erfolge vorbei war. Was ihm jetzt noch an Verbesserungen möglich schien, konnte nur in fast unmerklich kleinen Schritten, mit einem hohen Maß an Geduld und Energie erreicht werden — wenn es überhaupt noch erreichbar war.«
Ich schüttelte ungläubig den Kopf. Roter bemerkte es und sagte: »Herr Siebel, ich glaube zu wissen, was Sie eben gedacht haben: ›Er spricht sehr schlecht, aber wenn man sich Mühe gibt, kann man ihn doch verstehen.‹ Stimmt's, das haben Sie gedacht?«
»Sie haben meine Gedanken erraten«, erwiderte ich.
»Das war nicht schwer. Wissen Sie, so schlecht, wie ich zu Ihnen

spreche, so gut hat mich Trutz nie sprechen gehört. Sein Tod ist mir sehr nahe gegangen, aber durch sein Ableben, das ist eine bittere Erkenntnis, erhielt ich eine Arbeitspause, kam zur Ruhe, konnte mich erholen und bin nun selbst überrascht über die Fortschritte, wenn sie auch klein sind, die ich mit meiner Aussprache gemacht habe. Ich will jetzt aber in meinem Bericht fortfahren.

Navina sah, wie ihr Mann mit seinen Kräften Raubbau trieb, wie er sich mühte, seine wachsende Nervosität zu verbergen. Sie spürte, wie sie mir später sagte, dass es ihm schwer fiel, noch an den erstrebten Erfolg seiner Arbeit mit mir zu glauben.

›Wie soll es weitergehen?‹, fragte sich Navina immer wieder und sie fürchtete sich vor jedem kommenden Tag.

Vom Löwentisch zur Nordsee

Es kam der Tag, der alles veränderte, der in Roterhaus einen strahlend hellen Sonnentag verdunkelte.

Am Morgen saß Trutz in seinem Arbeitszimmer an dem großen Tisch, den er liebte und den alle als Löwentisch bezeichneten. Auf dem Tisch lagen Fotos, Zeichnungen, Blätter mit vielen Notizen zu Tempeln und Ausgrabungen sowie eine Karte, auf der die Standorte von Tempeln entsprechend ihrer Größe und Bedeutung gekennzeichnet waren. Trutz wollte Übersichtlichkeit und Ordnung schaffen. Käptn, der Lebensmittel eingekauft hatte, unterbrach ihn in seiner Arbeit. Während Rajan und Vivek mit dem Entladen des Kleintransporters begannen, übergab er Trutz einen Brief der obersten, auch für Archäologie verantwortlichen Behörde Indiens, den er aus Veraval mitgebracht hatte. Er wollte nicht stören und verließ sofort wieder den Raum, in den ich mich, an Käptn vorbei, hineindrängte, um der brütenden Hitze auf dem

Hof zu entgehen. Ich sah, dass Trutz beschäftigt war und legte mich, ohne einen Laut von mir zu geben, neben seinen Stuhl.

Trutz öffnete den Brief. Über seinen Inhalt wurde ich später von Käptn informiert.

In Abstimmung mit dem Ministerrat in Gandhinagar wurde Trutz und seiner Mitarbeiterin bestätigt, dass sie bezüglich der Tempel und der Ausgrabungen im Bundesstaat Gujarat hervorragende Leistungen erbracht hatten. Man werde sie zu würdigen wissen. Durch den archäologischen Stützpunkt, so wurde festgestellt, sei eine solide Grundlage für die Übergabe des Aufgabenbereichs an die örtlichen Behörden geschaffen worden. Die Arbeitsverträge für Dr. Dr. Trutz Nagel und Navina Nagel, würden, das sei ja bekannt, in Kürze auslaufen. Sie sollten nicht, wie bisher immer geschehen, verlängert werden. Es bestehe die Absicht, den Stützpunkt gegen eine großzügige Entschädigung zu verstaatlichen und den Nagels im Süden Indiens ein neues, bedeutendes Betätigungsfeld zuzuweisen.

Mitarbeiter der Behörde seien beauftragt, so hieß es in dem Schreiben, den Stützpunkt in Bezug auf seine weitere Nutzung zu inspizieren und alle Fragen der Entschädigung und der Vorbereitung neuer Arbeitsverträge ausführlich mit ihnen zu beraten.

In den nächsten Tagen werde ein entsprechender Termin festgelegt.

›Nein!‹ stöhnte Trutz. Sein Kopf fiel auf die Tischplatte, als er ihn hob, drückte er seine Hände an die Brust, dahin, wo das Herz eines Menschen schlägt. Ich sah, dass er sehr litt. Es musste Schlimmes in dem Brief gestanden haben. Anteilnehmend leckte ich ihm die Hände. Es waren mir immer noch nicht alle Eigenarten eines Löwen abgewöhnt worden. Trutz kraulte mein Fell, mit seinen Gedanken weit weg. Er tat mir leid. Ich überlegte, wie ich ihm helfen könnte. Bei allen Unzufriedenheiten zwischen uns — wir hatten doch eine starke Bindung zueinander. Naiv, wie ich war, kam ich auf einen, wie ich heute weiß, abwegigen Gedanken: ›Müsste es Trutz nicht freuen, wenn er mich glücklich und zufrieden sähe? Könnte er sich meiner unaussprechlichen Freude ver-

schließen, wenn ich ihn, wenigstens einmal, zu seiner Tempelarbeit begleiten würde?‹

Was ich dann, aus einem lange unterdrückten Gefühl heraus
sagte, entsprach nur bedingt diesem Gedanken.

›Trutz‹, sprach ich ihn an, ›du bist traurig. Mach das Tor auf und
lass mich etwas sehen von diesem Land, in dem ich schon so
lange lebe. Meine Freude wird dann auch deine Freude sein! Lass
mich raus aus diesem Gefängnis, mit dir als Gefängniswärter!‹

›Roter, du weißt wohl nicht, was du sagst! Dein Gefängnis, wie du
Roterhaus nennst, wird uns bald nicht mehr gehören und wir
beide, das ist durchaus möglich, werden uns für immer, zumin-
dest für längere Zeit, trennen müssen. Wie glücklich wirst du
leben‹, fügte Trutz mit Galgenhumor hinzu, ›wenn du deinen
Gefängniswärter, wie du mich nennst, los bist!‹

Was Trutz sagte, klang mir unglaublich. Ich konnte und wollte es
nicht verstehen. Warum musste er mich so erschrecken? Er wusste doch, dass wir zusammengehörten, auch jetzt noch, wo unser
Zusammenleben schwerer geworden war.

›Trutz‹, sagte ich, ›versteh doch, ich will endlich sehen und erleben, was ihr mir mit Büchern und Bildern gezeigt habt. Ist es
zuviel verlangt, wenn ich frei sein will, wie ihr es seid? Warum
hast du mich aus dem Nationalpark mitgenommen? Dort wäre
ich ein Löwe unter Löwen und in Freiheit gewesen!‹

›In Freiheit wärst du kaum älter als zehn Jahre geworden, in
einem Zoo zwanzig Jahre. Ich habe dir eine Lebenszeit von mindestens fünfunddreißig Jahren vorausgesagt! Roter, alles, was wir
erreichen wollten, ist jetzt mit diesem Brief in Frage gestellt. Ich
weiß selbst noch nicht, wie es weitergehen soll. Ich wollte mit dir
die Welt bereisen und die Welt sollte staunen, dass es so etwas
wie dich gibt.‹

›Ich will keine Sensation sein, die herumgereicht wird. Ich will
normal leben und über mich selbst bestimmen können!‹

›Was für eine Illusion, Roter! Ein menschlich denkender und
empfindender, ein sprechender, leider immer noch scheußlich
sprechender Löwe kann kein normales Leben führen!‹

›Was hast du aus mir gemacht, dass ich kein normales Leben führen kann!‹, erwiderte ich aufgebracht.

›Ich wollte immer dein Bestes, wollte immer, dass du glücklich wirst. Roter, wer weiß, wie lange wir noch zusammen sein können! Es hat zwischen uns doch auch viele schöne Stunden gegeben. Dafür möchte ich dir danken. Lass dich umarmen, Roter. Du warst ein Stück meines Lebens — das zu verlieren, ist verdammt schmerzhaft!‹

Wir lagen uns in den Armen und waren uns in diesem Augenblick so nah, wie lange nicht mehr. Schließlich machte ich mich los und fragte: ›Der Brief ist an allem schuld?‹

›Er droht, alles zu vernichten, was uns lieb geworden ist.‹

Der Brief lag auf dem Tisch. Ich packte ihn mit meinen Krallen und wollte ihn vernichten.

›Roter! Gib den Brief her! So löst man keine Probleme!‹

Trutz wollte nach dem Brief greifen, mit der freien Tatze wehrte ich ihn ab.

›Roter!‹, schrie Trutz.

Es war die letzte Äußerung seines Lebens. Mit einer Kraft, die ich noch nie bei ihm bemerkt hatte, klammerte er sich an mich, taumelte, fiel und riss mich mit sich zu Boden. Sein Kopf krachte auf den Löwenkopf an einem der Tischbeine.

Ich erhob mich, Trutz blieb liegen, rührte sich nicht. Ich sprach ihn an, stieß ihn an, immer wieder. Verzweifelt schrie ich: ›Trutz! Trutz, steh auf!‹

Mein Schädel brummte. Ich hatte von Toten gelesen. War Trutz tot? Ein furchtbarer Schreck fuhr mir in die Glieder, ich brüllte, dass es von den Wänden widerhallte. Alle eilten herbei. Navina stürzte zu Trutz, schreiend warf sie sich auf den leblosen Körper, streichelte sein Gesicht, bedeckte es mit Küssen.

Käptn war der Erste, der seine Fassung wiedergewann. Er sah, wie ich den Brief mit meinen Tatzen am Körper hielt und griff nach ihm. Ich war wie betäubt, leistete keinen Widerstand.

Rajan und Vivek wussten, wenn der Ehemann stirbt, zerschlägt die Frau ihre Glasarmreifen, reißt sich allen Schmuck vom Leib und achtet keiner Verletzungsgefahr. Sie gingen zu Navina, halfen ihr aufzustehen und begleiteten sie in ihr Zimmer. Dort warteten sie geduldig, bis die Frau, die sie liebten und verehrten, sich etwas gefasst hatte.

Mit einem leisen ›Danke!‹, entließ Navina die treuen Gefährten.

Käptn empfand, wie alle in Roterhaus, den tödlichen Unfall von Trutz sehr schmerzhaft. Zugleich erschien es ihm wie eine bittere Ironie des Schicksals, dass er und Wolfgang Nagel den Einfall gehabt hatten, Trutz und Navina zur Hochzeit einen Tisch mit Löwenköpfen zu schenken.

Während Käptn den Totenschein ausstellte, zog Navina langsam, wie in Trance Trauerkleidung an.

Der Tradition entsprechend, wird die Verbrennung eines Verstorbenen am nächsten Tag vorgenommen, die Asche, in Abwesenheit der Witwe, in einen Fluss gestreut.

Käptn wusste um diese Tradition. Deshalb beeilte er sich, zusammen mit Rajan und Vivek den Toten auf eine Trage zu betten. Dann fuhr er nach Veraval, um den Totenschein bei der zuständigen Behörde abzugeben. Zugleich verwies er auf ein Attest, das er ausgestellt hatte und wonach Navina für vierzehn Tage krankgeschrieben war. Käptn bat dringend, keinen Kondolenzbesuch zu machen, weil dies zu einem völligen Nervenzusammenbruch der Witwe führen könne. Seine Bitte wurde akzeptiert und Käptn gebeten, der Witwe das tief empfundene Beileid der Behörde zu übermitteln. Sie möge sich keine unnötigen Sorgen machen. Man sei über den Brief des Ministerrates informiert und werde Gandhinagar anrufen und vom Tode Trutz Nagels und von der Krankschreibung seiner Frau berichten. Frau Nagel möge sich über ihre Zukunft nicht beunruhigen. Alles werde getan, um ihre Erfahrungen und Kenntnisse auch in Zukunft zu nutzen und ihr zufriedenstellende Arbeitsmöglichkeiten anzubieten. Auf jeden Fall werde man sich bemühen, eine Lösung zu finden, die es ihr ermöglicht, weiterhin im archäologischen Stützpunkt zu wohnen. Man hoffe, ihr in vier bis sechs Wochen einen konkreten Vorschlag machen zu können. Bewegt dankte Navina Käptn für sein Engagement, für das Verständnis, das er bei der Behörde für ihre Lage geweckt hatte. Sie bat, den Toten zu einem Platz unterhalb der Tempelreihe an der Narmada zu bringen. Es sollte ein ruhiger Ort sein, fern des Lärmens der Baumaschinen am Staudamm, an dem trotz millionenfacher Proteste des In- und Auslandes gebaut wurde.

Die Narmada, Herr Siebel, ist ein Fluss von mehr als eintausenddreihundert Kilometer Länge. Sie gilt als natürliche Trennlinie zwischen dem Norden und dem Süden Indiens. Der Fluss, so sagen die Legenden der Hindus, ist aus einer Träne des Gottes Shiva entsprungen. An seinen Ufern reiht sich Tempel an Tempel. Trutz hatte sie, zusammen mit Navina, mehrfach zu vergleichenden Studien besucht.

Mit den Brüdern Lal versah Käptn den letzten, den schwersten Dienst für Trutz. Ich blieb bei Navina. Sie machte mir keine Vorwürfe. Schweigend, sehr müde, verrichtete sie notwendige Arbeiten.

Zwei Tage später brachte Käptn Briefe mit der Todesnachricht zur Post in Veraval. Mit einem Brief aus Hamburg kam er zurück. Bevor er ihn Navina übergab, händigte er ihr den Brief aus, den ich ihm bereitwillig überlassen hatte.

›Navina‹, sagte er, ›dies ist ein Brief, den ich Trutz brachte. Trutz hatte Roter über seinen Inhalt informiert und Roter, wie er mir sagte, wollte den Brief vernichten, damit das, was darin steht, unser Leben nicht zerstören kann. Wenn du den Brief liest, wirst du verstehen, dass ich ihn dir erst heute gebe. Er hat sich ja inzwischen auch erledigt.‹

Navina legte den Brief der Behörde beiseite. Sie freute sich, dass ihr Schwiegervater geschrieben hatte, was nicht allzu oft vorkam. In Anwesenheit von Käptn, Rajan und Vivek las Navina:

›Liebe Navina, lieber Trutz!

Wieder einmal will ich euch schreiben. Ihr wisst, warum ich nicht gerne telefoniere. Stellt euch vor, ihr hättet keine Arbeit mehr.

Gibt es etwas Schlimmeres, als einem Menschen die Arbeit zu nehmen? Die Ärzte wollen mich umbringen. Sie wollen, dass ich nicht mehr arbeite. Als ob ich ohne Arbeit leben könnte! Schließlich haben wir uns auf einen Kompromiss geeinigt: ein Jahr Pause, mindestens. Jetzt brauche ich die Jacht mit Käptn, Rajan und Vivek. Ihr werdet die drei wohl eine Weile entbehren können, so lange, bis ich mit der ›Navina‹ in Veraval lande. Ich will Dich, meinen schreibfaulen Sohn und meine zauberhafte Schwiegertochter endlich in Eurem Stützpunkt besuchen. Da bin ich außer Reichweite meiner Ärzte und vielleicht habt Ihr eine gute Beschäftigungsmöglichkeit für mich. Also, denkt darüber nach und schickt mir, so schnell es geht, die Jacht.

Es folgen die besten Grüße, natürlich auch für euch.‹

Alle schwiegen. Sie konnten kaum glauben, was sie gehört hatten. Käptn kraulte sich den Bart. Ein Wiedersehen mit seinem Freund Wolfgang — unter anderen Umständen hätte er sich sehr darauf gefreut, aber er sagte:

›Wir können dich jetzt nicht allein lassen, Navina!‹

Navina stand betont aufrecht. Sie sprach leise und langsam, aber mit einer Stimme, die keinen Widerspruch duldete:

›Ihr könnt!‹, sagte sie, ›ihr könnt mich hier alleine lassen. Bitte, versteht mich, ich wünsche es mir sogar. Ich brauche Ruhe, um mit mir selbst ins Reine zu kommen. Nehmt Roter mit. Er soll viel sehen, ohne als Löwe erkannt zu werden. Ihr seid findig genug, um das zu organisieren. Ich werde ihm Umhänge schneidern. Eine passende Maske läst sich sicher in Veraval erstehen. Auf der Fahrt von Hamburg nach Veraval kann sich mein Schwiegervater mit Roter die Zeit vertreiben, am Tod seines Sohnes trägt der Löwe keine Schuld.‹

›Navina‹, sagte Käptn, ›ich akzeptiere deinen Wunsch — aber nur unter einer Bedingung: Rajan bleibt hier. Er hat den Führerschein gemacht und kann für dich einkaufen. Es gibt hier bis zum Empfang von Wolfgang noch mehr als genug zu tun.‹

Navina wollte protestieren, aber Käptn duldete keinen Widerspruch.

›Alleine lassen wir dich auf keinen Fall‹, sagte er, ›wer weiß, was in unserer Abwesenheit alles passieren kann!‹

Die Vorbereitungen für die weite Reise konnten in wenigen Tagen abgeschlossen werden. Käptn erhielt für mich den Pass und andere Papiere von Trutz sowie den größten Teil des Geldes, das Navina und Trutz gespart hatten. Die Richtigkeit dieser Maßnahmen erwies sich schon, als die ›Navina‹ den Suez-Kanal erreicht hatte.

Die Behörde des Kanals interessierte sich sehr für die ›Navina‹. Sie war nicht als Handelsschiff registriert. Nur mit Mühe und mit klingender Münze gelang es, sie in einen Konvoi kleinerer Schiffe einzuordnen.

Die Räume der Jacht wurden kontrolliert. Käptn sah sich gezwungen, den Pass von Trutz vorzuweisen. Er erklärte, dass der rechtmäßige Besitzer des Passes krank im Bett liege.

›Also brauchen Sie einen Arzt!‹ wurde ihm erklärt.

›Wenn Sie meine Papiere gründlich lesen, werden Sie feststellen, dass ich Arzt bin. Alles, was wir brauchen, ist in der Schiffsapotheke enthalten, wovon Sie sich gerne überzeugen können‹, erwiderte Käptn.

Die Beamten zeigten sich unbeeindruckt. Käptn hätte sie gerne von Bord gejagt, aber er wusste: ›Die haben die Macht‹. Ihr Verhalten überraschte ihn nicht, er hatte seine Erfahrungen und Dollarscheine griffbereit. Schweren Herzens aber mit gemessener Freundlichkeit übergab er die Scheine.

›Erlauben Sie bitte eine kleine Aufmerksamkeit für Ihre Mühe‹, sagte er.

Die Scheine wurden wie selbstverständlich entgegengenommen. Mit breitem Grinsen legten die Beamten die Hand an die Mütze, wünschten gute Weiterfahrt und verließen die Jacht.

Nach einhunderteinundsiebzig Kilometern Kanaldurchfahrt erreichten wir, ohne weitere Zwischenfälle, das Mittelmeer. Nun erfüllte Käptn meinen und Navinas Wunsch. Wo immer es möglich war, steuerte er einen Hafen an und gab mir die Gelegenheit, in frühen Morgen- oder späten Abendstunden, meist in Begleitung, an Land zu gehen. Es waren Ausflüge von kurzer Dauer, aber wir verloren durch sie viel Zeit. Im Atlantik waren dann allerdings die Winde sehr günstig und Käptn verweigerte jede weitere Anlandung.

Es ist eigenartig, es gab Vorstellungen, die ließen mich nicht los, obwohl ich zu wissen meinte, dass sie völlig abwegig waren. Eine solche Vorstellung war es, auf einem Landgang einen Menschen zu finden, dem ich meine Geschichte erzählen konnte und der sie aufschreiben würde.

Wir hatten die Nordsee erreicht und ich bat und bedrängte Käptn, mich noch einmal, ein letztes Mal an Land zu lassen, mir noch einmal die Möglichkeit zu geben, den Menschen zu finden, den ich suchte. Erst später wurde mir bewusst, welche Zumutung meine Bitte enthielt, denn Käptn und Vivek mussten die ganze Fahrt über schwere und vielfältige Arbeit leisten. Rajan fehlte an allen Ecken und Enden.

Käptn stöhnte: ›Roter, du bist genauso hartnäckig, wie Trutz es war!‹

Nach langem Zögern gab er nach. Es war Käptn immer schwer gefallen, mir eine Bitte abzuschlagen. Er telefonierte mit Wolfgang Nagel und teilte ihm eine Verzögerung unserer Ankunft mit, ohne die wahre Ursache zu nennen. Wir steuerten Sylt an. Ich durfte alleine an Land gehen — und dann traf ich Sie, Herr Siebel.«

»Und ich traf in Ihnen ein einmaliges Lebewesen! Nichts wird verloren gehen, von dem, was Sie mir mitgeteilt haben.«, erwiderte ich.

Roter stand langsam auf. Mit schleppender Stimme zog er Bilanz:

»Als Löwe wurde ich geboren. Ich weiß, das Rudel hätte mein rotes Fell nicht gestört. Aber ich wurde entführt, verurteilt zu einem Leben unter wenigen Menschen und eingezwängt von Mauern, über die ich nicht einmal hinwegsehen durfte. Ich bin ein für die Wildnis untauglich gewordener Löwe. Man könnte mich auch nicht in einen Zoo sperren, ich würde es nicht ertragen. Selbst im Gir-Nationalpark hätte ich keine Überlebenschance mehr.

Immer ist meine Existenz geheim gehalten worden, achtzehn Jahre lang! Unter fremden Menschen musste ich in einem Gewand herumlaufen, das mir verhasst ist, eine Maske tragen, die meiner Natur zuwider. An Land hatte ich ständig aufzupassen, dass alle Teile meines Körpers verdeckt waren. Was ist von mir, einem Löwen, geblieben? Man hat mein Fell, meine Mähne, meine Schwanzquaste beschnitten, man hat mich wehrlos gemacht gegenüber Rowdys. Beamte mussten meinetwegen bestochen werden. Ich bin gesund, musste aber krank spielen. Frei sein, alleine mich bewegen, hingehen, wohin ich will — es ging nicht. Schauobjekt werden, als Sensation herumgereicht werden? Nie! Unter keinen Umständen!

Herr Siebel, beim Erzählen ist mir alles gegenwärtig gewesen, alles habe ich in Gedanken noch einmal erlebt. Verstehen Sie bitte, jetzt möchte ich an Deck und eine Weile allein sein. Wenn Sie nicht schlafen wollen, bleiben Sie hier. Sie brauchen auch Ruhe.«

»Ich werde auf Sie warten, Roter.«

Roter legte mir behutsam eine Pranke auf die Schulter.

»Danke!«, sagte er mit Nachdruck.

Ich hielt ihm die Tür auf. Die Stufen nicht achtend, sprang Roter mit einem gewaltigen Satz an Deck.

Die Aufregungen des vergangenen Tages, die durchwachte Nacht, jetzt spürte ich sie am ganzen Körper. Das Warten auf Roter wurde mir lang. Schließlich hielt ich es nicht mehr aus. Ich ging an Deck. Roter war nicht zu sehen. Ich suchte ihn, kam zu seinem Lieblingsplatz am Heck, wo die Fahnen hingen und die Ankerkette lag, vor der er mich gewarnt hatte. Die Kette war nicht mehr da. Schreck durchfuhr mich. Ich wusste sofort, was geschehen war, lief zurück, schrie in den Kabinengang: »Roter über Bord!«

Sie kamen, von Entsetzen getrieben, nur mit einer Turnhose bekleidet, aus den Kabinen. Es gab kein Fragen. Ich wurde fast umgerannt. Käptn stoppte die Jacht, schaltete Scheinwerfer ein, Vivek griff sich eine große Handlampe, suchte rund um die Jacht das Wasser ab — vergebens. Jetzt fragte Käptn:

»Wie lange kann es her sein?«

Meine Antwort schien ihn fast umzubringen. Er und Vivek ließen ein Schlauchboot mit Außenbordmotor zu Wasser, umkreisten die Jacht. Schwitzend, atemlos und sehr erregt kamen sie mit meiner Hilfe wieder an Deck. Käptn setzte die Flaggen auf Halbmast und zu dritt verneigten wir uns vor ihnen. Käptn war seiner Stimme kaum mächtig. Er sagte:

»Achtzehn Jahre bist du alt geworden, Roter. Achtzehn Jahre haben wir mit dir gelebt. Viel Freude hast du uns gemacht und wir haben gerne für dich, für deine Entwicklung gearbeitet. Ärger gab es auch, Sorgen auch, aber das war ja natürlich. Ganz ohne dem geht doch nichts auf der Welt. In dir wurden unstillbare Wünsche geweckt. Du hast darunter gelitten und es war unsere Schuld. Nun bist du Trutz, deinem Erzieher und Freund, gefolgt, dahin, von wo es kein Zurück gibt. Wir, die wir dich kannten, werden dich nie vergessen.«

Käptn wandte sich ab und umarmte Vivek, dem die Tränen im Gesicht standen. Beide setzten sich auf die Bank an der Kajüte. Der Wind kühlte ihre heißen Gesichter. Ich ließ sie allein, setzte mich in den Salon und legte den Kopf auf die Tischplatte. Irgendwann übermannte mich der Schlaf.

Rückkehr über Hamburg

Wolfgang Nagel öffnete die Haustür. Die Freunde umarmten sich wortlos. Zwischen ihnen bedurfte es keiner Worte. Sie fühlten sich eins im Schmerz um den Verlust von Trutz. Dann begrüßte der Hausherr Vivek und Käptn stellte mich vor.

Wir gingen ins Wohnzimmer. Braune, rote und blaue Ledersessel standen um einen runden Clubtisch. Der Hausherr bat, Platz zu nehmen. Wir setzten uns. Aus leicht angestaubten Schiffsmodellen schloss ich, dass das Zimmer wenig benutzt wurde. Durch ein großes Fenster grüßte ein sonniger Tag. Das bleiche Gesicht des großen, schlanken Mannes und sein schwarzer Anzug bildeten einen erschreckenden Kontrast. Er hatte den Brief, mit einer kurzen Anzeige vom tödlichen Unfall seines Sohnes, erst wenige Tage vor unserer Ankunft in Hamburg erhalten. Vivek und ich sprachen ihm unser Beileid aus.

Käptn gab dann einen knappen Bericht über das, was in Roterhaus und auf See geschehen war und bat mich, seine Ausführungen zu ergänzen.

Nagel schwieg lange, dann sagte er:

»Mein Sohn konnte im Leben viel erreichen, aber eine ungewöhnliche Begabung, wie er sie hatte, birgt wohl immer zwei Möglichkeiten in sich – Höhenflug und Absturz. Ich danke dir, Käptn. Du erwähnst ja so etwas nicht, aber ich weiß, du hast viel für meinen Sohn getan, warst immer ein verlässlicher Partner, den ich nun schon seit Jahrzehnten zum Freund haben darf.

Wie haben wir beide uns doch gefreut, als wir dem jungen Ehepaar den Löwentisch schenken konnten! Aber lass uns nicht einem geschnitzten Löwenkopf die Schuld am Tod meines Sohnes geben. Die Tragödie begann mit der Entführung eines roten Löwenbabys.«

Nagel schwieg, machte einige Schritte im Zimmer, wischte kopfschüttelnd mit einem Finger eine kleine Bahn Staub an einem Schiffsmodell und wandte sich dann mir zu:

»Herr Siebel, ich danke Ihnen für Ihren ausführlichen Bericht. Wenn Sie die Geschichte des roten Löwen schreiben, werden Sie auch von meinem Sohn berichten. Seien Sie gerecht in Ihren Darstellungen! Entschuldigen Sie, wenn ich Sie um eine Selbstverständlichkeit bitte. Ich kann nicht einmal am Grabe meines Sohnes Zwiesprache mit ihm halten.«

Wolfgang Nagel ging zum Fenster und sah auf das sonnenbeschienene Grün seines kleinen Anwesens. Für einen Augenblick schien er uns vergessen zu haben und im Selbstgespräch dem Rhythmus des Lebens nachzuspüren, als er sagte:

»Wie beständig ist die Natur in ihrem Werden und Vergehen, in ihrem Wechsel von hellen und dunklen Tagen. Es ist wohl so, ob wir wollen oder nicht: Auch wir sind immer wieder solchem Wechsel unterworfen.«

Er wandte sich erneut an mich:

»Es war bestimmt nicht Ihre Absicht, Herr Siebel, mit der Jacht wieder nach Hamburg zu kommen. Die Umstände haben es ergeben. Mein Vorschlag: Sie verständigen Ihr Hotel, dass sich Ihre Rückkehr verzögert. Ich bestelle für Sie, für Käptn und Vivek eine Taxe, die Sie wieder zur Jacht bringt. Sie alle werden Schlaf brauchen — und ich habe nicht einmal eine Tasse Kaffee angeboten! Na ja«, fügte er mit müdem Lächeln hinzu, »meine Frau hätte sich nie ein solches Versäumnis zu schulden kommen lassen. Es ist lange her, dass ich sie verlor — und nun auch noch Trutz!«

Der Hausherr setzte sich wieder.

»Für die Rückfahrt nach Veraval«, sagte er, «habe ich bereits alles bestellt, was aus meiner Sicht notwendig ist. Heute noch werde ich, so ungern ich sonst telefoniere, mit Navina sprechen. Ich werde sie auch über den Tod von Roter informieren. Morgen komme ich zum Frühstück auf die Jacht und wir besprechen das Weitere. Einverstanden?«

Es gab keinen Widerspruch.

Am nächsten Morgen erschien Wolfgang Nagel, wie verabredet, auf seiner Jacht. Er berichtete von dem Telefongespräch mit seiner Schwiegertochter:

An jedem Tag habe sie Rajan liebevoll umsorgt, Einkäufe getätigt und sich um Ordnung und Sauberkeit gekümmert. Da sei tatsächlich durch den Trubel der Ereignisse einiges im Argen gewesen. Rajan habe ihr die Möglichkeit gegeben, Fotos und Aufzeichnungen von Trutz in Ruhe anzusehen und mit der Ordnung seiner Hinterlassenschaft zu beginnen. Die Nachricht vom Tode Roters, die sie mit diesem Telefongespräch erhielt, erschütterte sie sehr. Sie konnte nur noch mit Mühe das Gespräch fortsetzen. Ich schlug Navina vor, alle Fotos und Aufzeichnungen, die an Roter erinnern, zunächst in luft- und wasserdichten Behältnissen vor fremdem Zugriff zu schützen und in Roterhaus alles zu beseitigen, was an den Löwen erinnert. Dazu gehört, so sagte ich, unter anderem auch der Umbau von Roters Raum mit der Schiebewand.

Navina war überrascht über die Ortskenntnis, die ich durch dich, Käptn, und durch den ihr unbekannten Herrn, gemeint waren Sie, Herr Siebel, gewonnen hatte. Ich spürte aber, dass es ihr sehr schwer fallen würde, meinen Vorschlägen zu folgen. Sie war, glaube ich, schon bereit, die Behörden von dem zu unterrichten, was dem archäologischen Stützpunkt seinen geheimen Namen gab. Ich habe sie dringend gebeten, an alle zu denken, die sie lieben und nicht sie und sich selber ins Verderben zu stürzen. Wir werden, so sagte ich, spätestens in zwei Tagen in See stechen. In ihrem archäologischen Stützpunkt könnten wir bald alles in Ruhe beraten.

In einer Stunde wird ein Lastwagen hier sein, mit dem wir unter anderem die von mir bestellten Lebensmittel, Wasser, Treibstoff, Ersatzteile und anderes abholen können. Was ich nicht bedacht habe, wirst du, Käptn, sicher schnell noch besorgen können. Übermorgen in aller Frühe will ich an Bord meiner Jacht den Anker lichten. Kein Widerspruch, Käptn?«

Käptn sah Vivek an, der nur wenig Deutsch konnte, aber verstanden hatte, worum es ging. Vivek nickte.

»Wir erheben keinen Widerspruch, Wolfgang. Schnell wie die Feuerwehr zu sein, haben wir gelernt«, antwortete Käptn.

»Eine andere Antwort, ehrlich gesagt, habe ich auch nicht erwartet«, sagte Nagel. »Doch nun zu Ihnen, Herr Siebel. Sie können sofort auf Ihre Urlaubsinsel zurückkehren. Die Kosten werden selbstverständlich von mir übernommen. Sie können aber auch mit uns fahren. Ihre Kabine steht Ihnen nach wie vor zur Verfügung und die Zeit haben wir immer noch, Sie im Hafen von Sylt abzusetzen.«

»Ich möchte gerne bei der Vorbereitung der langen Reise helfen und wäre Ihnen dankbar, wenn Sie meinetwegen den Umweg über Sylt nehmen würden«, sagte ich.

Meine Hilfe wurde gerne angenommen, denn so eine lange Reise, wie die von Indien nach Deutschland, hinterlässt auf jeder Jacht Spuren, die beseitigt werden müssen. Außerdem waren ja nicht nur viele Dinge heranzuschaffen, sondern auch an Bord sachgerecht zu verstauen. Bis Käptn die ›Navina‹ auf Kurs bringen konnte, war also viel zu tun.

Bei günstigem Wind hatten wir Sylt bald erreicht. Der Abschied von der Schiffsbesatzung und von Wolfgang Nagel fiel mir nicht leicht. Käptn umarmte mich. Von Dank wollten er und Nagel nichts hören.

»Wir hätten auch zu danken«, sagten sie und Käptn fügte hinzu: »Sie passten zu uns!«

Als die ›Navina‹ ablegte, grüßte Käptn kurz vom Steuerstand aus, Wolfgang Nagel und Vivek standen an der Reling und winkten mir zu.

Lange sah ich ihnen nach. Der Horizont glänzte im Sonnenlicht, das die »Navina« verschlang.

Anmerkungen

(1)   *Die Mehrheit der Bewohner des indischen Bundesstaates Gurajat spricht Gujarati, eine indo-arische Sprache.*

(2)   *Gujarat ist einer der 26 Bundesstaaten Indiens, an deren Spitze ein Gouverneur und ein ausführender Ministerrat stehen.*

Die Küste des Bundesstaates ist 1500 Kilometer lang, an ihr liegen mehr als 40 Häfen.

Gujarat ist ein wichtiger Rohölproduzent mit wachsender petrolchemischer Industrie. Bedeutende Industriezweige entstanden auch für Zement, Kunstfasern und Baumwolle. Der Staat ist führend in der Salzgewinnung.

Kein Bundesstaat ist so reich an Stickereitraditionen wie Gujarat.

Zum traditionellen Handwerk gehören Gold- und Silberstickerei, Spielzeug, Parfüme und dekorative Holzarbeiten.

Dieser Staat ist einer der indischen Hauptproduzenten von Tabak, Baumwolle und Erdnüssen; letztere wachsen auf der Halbinsel Kathiawar. Weizen und Hirse sind Grundnahrungsmittel, in feuchten Gebieten auch Reis. Darüber hinaus werden Zuckerrohr, Gewürze und Früchte angebaut.

Historisch ist Gujarat eine der ältesten besiedelten Regionen in Indien, mit 5000 Jahre alten steinernen Zeugen.

Gujarat ist reich an Tempeln und Bauten verschiedener Religionen, die zu besonderen Sehenswürdigkeiten zählen. Auf einem Berg der Halbinsel Kathiawar, zu dem 3000 Stufen hinaufführen, stehen 850 heilige Tempel aus dem 16. Jahrhundert, die von Kaufleuten gestiftet wurden.

Die Städte sind laut und luftverschmutzt. 80% der Stadtbevölkerung leben in Häusern, die über 100 Jahre alt sind. Die sozialen Gegensätze sind in den Städten weit stärker ausgeprägt als auf dem Lande.

(3)   *Veraval hat ca. 60000 Einwohner. Dort laufen 1000 Boote zum Fischfang aus. Auf den Straßen tummeln sich Schweine. Überall gibt es Verkaufsstände für Erfrischungsgetränke, zu denen Kokosmilch*

gehört. Es gibt mehrere Hotels. In den Restaurants gibt es keine große Auswahl. Dominierend sind vegetarische Gerichte und Fisch. Auf den Straßen verkehren Auto-Rikschas.

Früher fuhren von Veraval die meisten Mekkapilger ab, heute von Suvat.

(4)   Gandhinagar ist Indiens zweite auf dem Reißbrett geplante Stadt. Sie ist in nummerische Viertel eingeteilt. Der Bau der Stadt begann 1965. Gandhinagar wurde die Hauptstadt von Gujarat und löste in dieser Funktion Ahmedabad ab.

Ahmedabad ist mit 175000 Einwohnern eine Industriestadt, die wegen ihrer Textilindustrie auch den Beinamen ›Manchester des Ostens‹ erhielt.

(5)   Shiva ist ein Gott, der alle Abstufungen von Gut und Böse beherrscht und in verschiedenen Erscheinungsformen auftritt. Sein Reittier ist ein Stier.

Folgende Geschichte ist von Shiva überliefert:

Zum Familienkreis von Shiva gehört Parvati. Sie wünscht sich ein eigenes Kind und stellt einen Wächter vor ihre Zimmer. Als dieser Shiva den Zutritt verweigert, schlägt Shiva ihm den Kopf ab. Parvati besteht darauf, dass der Geköpfte wieder leben soll. Shiva setzt ihm den nächstbesten Kopf auf, den er findet. Es ist ein Elefantenkopf.

(6)   Porbandar ist ein Handelshafen der Halbinsel Kathiawar und der Geburtsort von Mahatma Gandhi. In dem seinem Andenken gewidmeten Museum sind persönliche Gegenstände Gandhis ausgestellt. Die Stelle, an der er geboren wurde, ist durch ein Kreuz auf dem Fußboden gekennzeichnet.

Zur 180000 Einwohner zählenden Stadt gehören große Zement- und Chemiefabriken sowie eine Textilfabrik. Wellenbrecher vor der Küste schützen die Tiefseekais und den Fischereihafen. Ein erheblicher Teil der Industrie dient dem Trocknen von Fischen.

Eines der Kennzeichen von Porbandar sind Flamingoschwärme.

Gegenüber dem Planetarium, in einem reizvoll bewässerten Garten, befindet sich die Bharat Mandir-Halle. In den Fußboden der Halle ist eine riesige Reliefkarte von Indien eingelassen. Säulen des Gebäudes sind mit brillant bemalten Reliefs von über 100 legendären

Persönlichkeiten und religiösen Figuren geschmückt. Zum Spaß, vor allem der Kinder, ist die Veranda mit Zerrspiegeln verziert.

Der Ort verfügt über gute Hotels und kleine Restaurants. Händler bieten Saft aus Zuckerrohr und Erdnüsse an. Gut gekleidete Mittelklassebürger weilen in Porbandar zur Erholung.

(7) An die Mitgift wird gleich nach der Geburt gedacht. Zu ihr gehören: Schmuck, Frauenumhangtücher, Frauenblusen, auch mit Spiegelchen geschmückt, Schulter- und Turbantücher, Gürtel und Taschen. Stickereien sind streng konzipiert. So sind zum Beispiel Lilien, Blüten und Blütenzweige in Rosetten- oder Sternformen angeordnet.

Die Mitgift soll der Tochter die Möglichkeit geben, einen eigenen Hausstand zu gründen und eigene Gabenbeziehungen zu unterhalten. Gaben an die Verwandten sollen für Wohlwollen sorgen.

Zur rituellen Besiegelung des Verlöbnisses erhalten der Bräutigam und seine Begleiter vom Vater und den anderen Verwandten der Braut ›tika‹ (rote, heilige Farbe) auf die Stirn. Im Gegenzug erhalten die Verwandten der Braut von den Vertretern des Bräutigamhauses je ein kleines Tuch, ›rumal‹, das einen Geldbetrag und ein Stück Zucker enthält. Das Zentrum der Zeremonie bildet ein Schmuckgeschenk des Bräutigams an die Braut. Verlobung und Hochzeit werden nach einem Horoskop festgelegt.

Einladungen zur Hochzeit erfolgen von beiden Häusern; je mehr Gäste eingeladen werden, desto höher ist das Ansehen der Familie. Nach vorbereitenden Zeremonien berühren die Verwandten und Freunde des Hauses mit Hilfe eines kleinen Grasbündels dreimal das Haupt des Bräutigams beziehungsweise der Braut mit Öl, geben ihm /ihr ›tika‹ auf die Stirn und legen anschließend eine kleine Geldgabe in eine Schale aus Blättern. Beide Häuser geben nach der Zeremonie einen Imbiss oder ein Reisessen. Zur Vorbereitung und zur Hochzeit selbst gehören ca. 100 Zeremonien.

(8) Mumbai, wie heute Bombay genannt wird, ist die Hauptstadt von Maharashtra und hat 13 Millionen Einwohner. Die Stadt, wesentlich geprägt durch viktorianische Bauten und Wolkenkratzer, steht auf 7 Inseln, die durch Brücken miteinander verbunden sind. Mumbai ist das Handels- und Filmzentrum Indiens. Jährlich werden

über 200 Filme produziert. Typisch im Straßenbild sind schwarze Taxis mit gelbem Dach und rote Doppelstockbusse.

Archäologen interessiert besonders die Umgebung von Mumbai mit ihren bedeutenden budhistischen Stätten, den sagenhaften Höhlentempeln, die in die Felsen gehauen sind.

(9)   *Der Gir-Nationalpark liegt im trockenen, hügligen Waldgebiet der Halbinsel Kathiawar. In vielen kleinen Tälern und Mulden kann sich Regenwasser sammeln. Der Park ist durch seinen Bestand an asiatischen Löwen weltberühmt. Er hat eine Größe von 260 qkm und befindet sich in einem Schutzgebiet von 1412 qkm, das auch für landwirtschaftliche Zwecke genutzt wird.*

Durch Intensivierung der Land- und Weidewirtschaft wurde der Bestand an Löwen dezimiert. 1913 gab es nur noch 20 Löwen. Strenge Schutzmaßnahmen führten zur Erhöhung des Bestandes: 1990 bis 270, 1995 bis 304 Löwen. Für die Zählung wurden 200 Büffelkälber als Lockspeise geopfert. Es wird vermutet, dass eine weitere Vermehrung der Löwen die Tragfähigkeit des Parkes überschreitet. Versuche, Löwen in andere Gebiete umzusiedeln, waren nicht erfolgreich.

Außer Löwen befinden sich im Park Hyänen, Rohrkatzen, Leoparden, Antilopen und Hirsche, Schmutzgeier, Kuhreiher und viele andere Vögel.

Besichtigungen erfolgen mit Führer und Jeep. Es gibt Fußwege und Beobachtungstürme, für Leute mit wenig Zeit einen kleinen Safaripark. Löwen sind an Autos und Menschen gewöhnt und lassen Menschen bis auf 20 Meter heran.

(10) *Löwen können 3,50 m hoch und mehr als 10 m weit springen. Sie klettern, indem sie sich an den Vorderpfoten hochziehen.*

Zweckdienliche Literatur wurde mir dankenswerterweise 1998/99 in Berlin von der Staatsbibliothek Unter den Linden und der Staatsbibliothek am Potsdamer Platz zur Verfügung gestellt. Genutzt wurden außerdem Lexika und die Bücher ›Indien‹ von Shobita Punja und Gerald Cubitt sowie ›Mythen der Welt‹ von Roy Willis.

Die Auszeit des Trios und ihre Folgen

Die Arbeit an der Geschichte vom roten Löwen hatte die Freunde auf ungewohnte Weise gefordert. In einem Wechselbad der Gefühle mussten sie feststellen: Es gab keinen Himmel ohne Hölle. Es gab viele Tage, da hatten sie Spaß am Fabulieren, es gab aber auch Tage, da fühlten sie sich wie in Teufels Küche. Es fiel ihnen schwer, den Tod von Trutz Nagel und von Roter zu akzeptieren.

Als sie endlich das ausgedruckte Manuskript in den Händen hielten, da war für ausgelassene Stimmung gesorgt. Karl Siebel bestellte Sekt und auf Vorschlag von Trutz Nagel wurde eine gemeinsame Reise in den Harz beschlossen. Keiner von ihnen ahnte, welche Überraschungen ihnen bevorstanden und welche neuen Impulse der rote Löwe noch nach dieser Reise bei ihnen auslösen sollte.

Sie besuchten reizvolle Städte und Dörfer, geschichtsträchtige Schlösser und Burgen, machten sich mit Höhlen und Bergen bekannt, genossen den Zauber des Bodetals und den kühlenden Schatten der Wälder und schwitzten sich Pfunde ab beim Ersteigen von Klippen und Felsen.

Trutz, den schon in seiner Kindheit Mythen und Sagen fasziniert hatten, schlüpfte in der Mythenstadt Thale in die Rolle eines Fremdenführers. Er erklärte den Freunden die Bedeutung der einzelnen Teile und Figuren am »Brunnen der Weisheit«, dessen herausragende Gestalt Wotan, der oberste der germanischen Götter, ist.

Nicht nur die Freunde, auch fremde Menschen hörten ihm aufmerksam zu. Eine Frau erklärte, dass sie Wotans achtbeiniges Pferd Sleipnir vermisse.

Trutz antwortete: »Sleipnir will nichts mehr mit Wotan zu tun haben. Wotan, der die toten Helden in Walhalla bewirtet, riecht ihm neuerdings zu sehr nach Verwesung.«

»Besten Dank für die Erklärung«, entgegnete die Frau. »Man lernt nie aus. Ihr offensichtlich modernster Wissensstand ist nahezu umwerfend!«

Trutz: »Aber bitte, geben Sie sich Mühe immer schön senkrecht zu bleiben!«

Allgemeines Lachen begleitete den Dialog.

Von Thale führte ihr Weg die Freunde zur Rosstrappe und zum Hexentanzplatz. Da war es Karl, der Erläuterungen gab und an Goethes Walpurgisnacht erinnerte. Er wandte sich mit den Worten des Mephisto an Trutz: »Verlangst du nicht nach einem Besenstiele?«

Natürlich besichtigten die Freunde auch die Teufelsmauer, die, grotesk geformt, bis zu 250 m in die Höhe ragt, und die Baumannshöhle mit ihren von Tropfstein gebildeten Figuren und Säulen. Rajan verglich sie mit den ganz anders gearteten Höhlen in der Nähe von Mumbai.

Auf dem Bahnhof in Schierke beobachteten die Freunde die Abfahrt der Harzer Schmalspurbahn zum Brocken. Ihre Gedanken trafen sich:

»Welche Gemütlichkeit!«, sagte Karl.

»Welche Eile mit Weile!«, erwiderte Trutz.

»Und das in unserer Zeit voller Hektik und Stress!«, ergänzte Rajan.

Nach einigem Suchen fanden die drei im Hotel Feuerstein eine Übernachtungsmöglichkeit. Ihr großes Auto konnten sie neben einem Trabant 601 parken, den Trutz von allen Seiten aufmerksam betrachtete.

»Ein Auto mit Kultstatus und zunehmendem Seltenheitswert, so gepflegt, dass es wie neu aussieht«, sagte er.

Beim Abendessen sahen sie, an einem Nebentisch sitzend, die Frau, die das achtbeinige Pferd des Wotan vermisst hatte. Sie wurde von Trutz eingeladen, bei ihnen Platz zu nehmen, und als die Frau der Einladung folgte, war Trutz der Erste des Trios, der sich vorstellte: »Nagel«, sagte er.

Die Frau stutzte: »Sie heißen Nagel? Wirklich?«, fragte sie.

82

»Ja, wirklich! Gefällt Ihnen der Name nicht?«

»Es ist das erste Mal, dass ich einem Namensvetter begegne. Ich heiße auch Nagel, Natalja Nagel.«

»Toll, wie der Zufall manchmal spielt! Ich heiße Trutz Nagel.«

Karl schmunzelte: »Was es nicht alles gibt! Als ob wir mit einem Nagel nicht schon reichlich gesegnet wären!«

Rajan fügte hinzu: »Die Namen Schulz, Schulze, Schmidt, Müller und Meier füllen ganze Seiten in den Telefonbüchern, aber Nagel, das ist schon etwas Besonderes.«

»Wir sind auch besondere Menschen«, entgegnete Trutz. »Vermutlich konnte Frau Nagel nicht anders heißen. Ein Nagel hat immer seinen Wert, er steht für Hilfe, Zuverlässigkeit, Genauigkeit, Verbundenheit, Unentbehrlichkeit! ›Nagel‹, das ist ein Inbegriff des Nützlichen, Guten!«

»Trutz«, sagte Karl, »dir fehlen anscheinend nur noch die Flügel zu einem Engel!«

»Wie engelhaft Sie sind, Herr Nagel«, mischte sich Natalja Nagel ein, »kann ich verständlicherweise, trotz Ihrer schönen Rede, nicht beurteilen, aber das, was Sie über Zuverlässigkeit und dergleichen gesagt haben, das ist eine Anforderung, die der Beruf an mich stellt. Ich bin Requisiteuse am Theater in Chemnitz und die Künstler, manchmal auch die Bühnenarbeiter, brauchen mich, müssen mir vertrauen können. Wenn es mal ganz schlimm kommt, dann hilft mir auch der eine oder andere, meinem Trabbi seine gelegentlichen Mucken auszutreiben.«

Trutz war begeistert. »Requisiteuse«, sagte er, »das ist ein kreativer Beruf. Da muss man auch erfinderisch sein, aus nichts etwas machen können. Frau Nagel, ich war Illusionist. In bescheidener Weise, aber immerhin, gibt es da eine gewisse Verwandtschaft im beruflichen Tun.«

Es wurde ein langer, vergnüglicher Abend.

Ursprünglich war vorgesehen, zu dritt am folgenden Tag zur Spitze des Brockens zu wandern. Frau Nagel fragte, ob sie sich anschließen dürfe. Trutz hatte anderes im Sinn. Er bat Frau Nagel, ihn als ihren Beifahrer auf der Straße zum Brocken zu dulden.

»Wenn Sie bereit sind, einen Knoten in Ihre langen Beine zu machen — bitte!«, sagte sie.

So stiegen Karl und Rajan alleine auf schmalen Waldwegen zum Brocken hoch. Beim Brockenwirt wurden sie von den beiden Nagels empfangen, die inzwischen zum vertraulichen »Du« übergegangen waren. Bei einem Glas Sekt tranken nun auch Karl und Rajan mit Natalja Brüderschaft. Verschwitzt wie sie waren, schwärmten sie von der Schönheit ihres Weges jenseits der Autostraße.

»Schön, dass ihr mit Genuss ins Schwitzen gekommen seid«, meinte Trutz, »ich bin zwar nicht ins Schwitzen gekommen, hatte aber Spaß beim Fahren und im Trabbi mehr Platz, als ich erwartet hatte. Natalja war so freundlich, mich auch einmal ans Steuer zu lassen. Das war ein Vergnügen besonderer Art. Selbst die ungewohnte Gangschaltung war kein Problem.«

»Bei Tempo 30 konnten wir auch ein wenig die Natur genießen«, ergänzte Natalja.

»Nicht nur die Natur«, sagte Trutz mit verschmitztem Lächeln.

»Ich würde den Wanderweg gerne kennen lernen. Aber natürlich in Begleitung. Wenn Trutz mit mir geht, könnten wir«, sagte Natalja zur allgemeinen Überraschung, »das Auto euch, Karl und Rajan, anvertrauen.«

Die Männer wussten, so ein in die Jahre gekommenes Auto, liebevoll gepflegt, gibt so leicht kein Fahrer aus der Hand.

»Natalja«, sagte Karl und hob wie zum Schwur die Hand, »wir werden dir dein Auto so wieder zurückgeben, dass du es wiedererkennst!«

»Karl«, mahnte Rajan, »treib nicht mit Entsetzen Scherz!«

Die Sonne war längst untergegangen, als Trutz und Natalja Nagel das Hotel Feuerstein wieder betraten.

Am folgenden Tag kam das Trio spät aus den Betten. Am Frühstückstisch, wurde es schon von Natalja erwartet. Nach allgemeiner Begrüßung und Rückschau auf den vergangenen Tag, sagte Trutz:

»Bevor wir heute wieder nach Hamburg fahren und Natalja nach

Chemnitz, muss ich euch, Karl und Rajan, sagen, dass ich beabsichtige in absehbarer Zeit der Stadt Chemnitz einen Besuch abzustatten. Die Dauer des Besuches wird davon abhängen, wie lange mich Natalja in ihrer Nähe dulden wird.«

»Vielleicht, vielleicht dauert das ziemlich lange.«, meinte Natalja.

Karl seufzte. »Was soll man dazu sagen?« fragte er. »Es ist ein Jammer, dass du, Trutz, aus unserem Trio ein Duo machen willst. Du, der Mann mit den tollsten Ideen, bist nun doch dem Charme einer Frau erlegen. Furchtbar! Und das Schlimmste ist, ich wünsche dir und Natalja viel Glück! Lass dich umarmen, du Verräter!«

Karl erhob sich. Wortlos lagen Trutz und er sich in den Armen und für einen Augenblick wurde auch Natalja in die Umarmung einbezogen.

Rajan saß wie auf Kohlen. »Ich muss auch etwas sagen«, meldete er sich zu Wort. »Bis jetzt habe ich geschwiegen, wollte die Vorfreude auf unsere Reise und die schönen Tage, die wir hier im Harz verlebt haben, nicht trüben. So Leid es mir tut, und es tut mir sehr Leid, ich werde dich auch verlassen, Karl. Ohne den Zuspruch meines Bruders wäre ich nie nach Deutschland gekommen. Jetzt braucht er mich. Er will sich selbstständig machen und bittet mich, ihm beim Betreiben eines Fachgeschäftes für Elektrotechnik zu helfen. Ich kann seine Bitte nicht abschlagen. Bis ich alle notwendigen Dinge vor dem Flug in mein Heimatland erledigt habe, wird allerdings noch einige Zeit vergehen.«

»Reizend von euch, mich allein zu lassen, und wie großmütig, dass ihr mir noch eine Galgenfrist gebt!«, sagte Karl. Er konnte seine Betroffenheit nicht verbergen. Mit einem Seufzer fügte er entschuldigend hinzu: »Es ist schwer verdauliche Kost, die ihr mir vorsetzt, und das am Ende einer solchen Reise! Und das jetzt, wo ich mit euch über ein neues Vorhaben sprechen wollte. Trutz, du hast gesagt: ›Der Appetit kommt beim Essen.‹ Haben wir bei der Arbeit am roten Löwen nicht erfahren müssen, dass es keinen Himmel ohne Hölle gibt? Hat uns die Reise nicht neue Anregungen gegeben? Ich dachte, jetzt könnte jeder von uns kleine Geschichten schreiben, zusammengefasst unter dem Titel ›Himmel und Hölle‹. War halt so eine Idee von mir, könnt nun drüber lachen. Was soll's? Vorbei ist vorbei!«

Trutz reagierte energisch: »Karl! Nichts ist vorbei! So viel Zeit haben wir allemal noch, deine Idee zu verwirklichen!«

»Ich mache mit«, sagte Rajan. »Es ist etwas, Karl, was wir gerne tun. Jeder leistet seinen eigenen Beitrag und wir fügen das Ganze so zusammen, dass der persönliche Beitrag eines jeden von uns erkennbar bleibt. Da haben wir für immer eine ganz besondere Erinnerung. Ja, Karl, auf diese Weise bleiben wir immer zusammen.«

»So ist es!«, betonte Trutz. »Deine Idee, Karl, verbindet uns über unsere Zusammenkünfte hinaus! Und schließlich, das ist gewiss, werden der Telefondienst und die Post an uns in Zukunft besser denn je verdienen, darauf kannst du dich verlassen!«

In den folgenden Wochen flogen die Gedanken der Freunde gen Himmel und stürzten in die Hölle, sie waren an nichts gebunden und ungehemmt. Ganz anders als beim Schreiben der Geschichte vom roten Löwen konnte nun jeder von ihnen seiner Fantasie freien Lauf lassen. So schufen sie sich ein originelles Andenken an ihre so lange gelebte Gemeinsamkeit.

Noch einmal trafen sich die Freunde in der Kneipe von Willi Schmidt. Ihre Jacketts hingen bald, lässig hingeworfen, über leeren Sesseln, die Krawatten baumelten, gelockert, auf schweißnassen Hemden. Willi Schmidt musste wieder einmal die Nacht hinter dem Tresen verbringen. Er würde die Freunde vermissen. Als der Morgen dämmerte, wurde er geweckt. Man nahm Abschied voneinander, mit vielen Umarmungen und mit Augen, die feucht wurden.

Was Trutz Nagel, Dr. Karl Siebel und Rajan Lal über Himmel und Hölle schrieben, das kann man im Folgenden lesen und der Leser mag raten, wer was geschrieben hat.

Himmel und Hölle

VERSUCHE IN DEN HIMMEL ZU KOMMEN

Erster Versuch

Fauchend und mit Sirenentönen hält die Harzer Schmalspurbahn vor meinem Schlafzimmer. Ich reiße das Fenster auf und springe auf die Plattform eines Eisenbahnwagens. Schon rollen die Räder in rasendem Takt. Fahrtwind zerrt an den Ohren, die Haare wehen wie eine Fahne, Ferienorte und Wälder huschen vorbei. In seiner majestätischen Größe empfängt mich der Brocken. Beim Brockenwirt treffe ich den Piloten eines motorisierten Drachenseglers. Wechselseitig laden wir uns zu dem in dieser Region besonders beliebten Getränk, dem »Schierker Feuerstein«, ein. Bei der dritten Runde beweist der Pilot hellseherische Fähigkeiten.

»Du willst in den Himmel«, behauptet er und schlägt mir vor: «Ich bringe dich zur Wolke sieben. Die musst du entlanglaufen, bis eine andere Wolke deinen Weg kreuzt. Von da, das wurde von gläubigen Urmenschen überliefert, führt einer der Wege direkt zum Himmel. Ob es der Weg nach rechts oder der nach links ist, weiß ich nicht. Wählst du den falschen Weg, wirst du das erst spät feststellen können, aber dann gibt es kein Zurück mehr. Du wirst versinken und dich auflösen in der Unendlichkeit.«

Auf Wolke sieben ist mir, als wenn ich bei jedem Schritt in nasse Watte tauche. Das zehrt an meinen Kräften. Nur eiserner Wille treibt mich noch vorwärts. Endlich sehe ich die Kreuzung. Ich bleibe stehen, wische mir den Schweiß von der Stirn. Angst befällt mich wie ein Fieber und ich zittere am ganzen Körper, weil ich weiß: Eine falsche Entscheidung stößt mich ins Nichts. Lange, sehr lange überlege ich, bis ich auf den Gedanken komme: »Auf Erden bist du immer rechts gegangen, aber jetzt, wo du dem Himmel nahe auf bessere Zeiten hoffst, ist es wohl richtig, links zu gehen.«

Der Weg ist lang, nichts als gähnende Leere umgibt mich. Plötzlich sehe ich einen goldenen Nebel. Er hat die Form eines Tores und die Nebelpfosten dieses Tores sind durch einen Lichtstrahl miteinander verbunden, der wie ein Schlagbaum wirkt. Davor sitzt ein Mann in leichter Sommerkleidung und bedient einen Laptop. Zu seinen Füßen liegen eine schwere Hantel und ein Sprungseil. Er sieht aus wie ein Leistungssportler in den besten Jahren. Ich frage ihn:

»Hallo, du bist doch nicht Petrus?«

»Doch!«, sagt er, ohne vom Laptop aufzusehen.

»So jung und ohne Rauschebart?«

»Sport hält jung. Ein alter Mann kann nicht Jahrtausende überleben. Du siehst, ich arbeite. Was willst du?«

»In den Himmel, Petrus, natürlich in den Himmel!«

»Das wollen alle, weil sie keine Ahnung haben, wie's hier zugeht. Deine größte Sünde?«

»Ich war oft sehr eigenwillig und wenn ich nervös war, habe ich meine Frau grundlos angeschrieen. Sie sah ihre Rettung nur noch in der Scheidung.«

»Etwas anderes fällt dir nicht ein? Offensichtlich leidest du an Gedächtnisschwund oder an einem Verdrängungskomplex. Für Leute deines Schlages haben wir zwei Besserungsanstalten, zwischen denen wir wählen können, die Abteilung ANTISCHREIER und die Abteilung LEISETRETER. Beide Abteilungen sind schon sehr belegt, ziemlich langweilige Haufen. Wir haben aber ein attraktives Sonderangebot, eine Abteilung, die nur dem Chef untersteht. Da gibt es immer lustvolle Abwechslungen, Heiterkeit an jedem Tag und die Nächte sind nicht allein zum Schlafen da. Ich könnte dir eine Eintrittskarte für die Abteilung des Chefs geben, aber in diese Abteilung kommen nur Auserwählte, solche, die eine vom Chef festgelegte Bedingung erfüllen.«

»Habe ich eine Chance, in die Abteilung des Chefs zu kommen?«

»Wenn du die Bedingung erfüllst, ja.«

»Bitte, stell mich nicht auf die Folter! Nenn die Bedingung! Ich will alles tun, was verlangt wird!«

»Gut«, sagt Petrus, »du musst nur eine Frage beantworten. Bei falscher Antwort gibt es ein Ticket für die Luftpost Richtung Erde.«

»Bitte, stell die Frage«, dränge ich, fiebernd vor Erwartung.

»Du bist nicht der Erste, dem ich die Frage stelle. Fast alle Himmelsbewerber musste ich auf spätere Zeit vertrösten und wieder nach Hause schicken. Also«, ermahnt mich Petrus, »überlege gründlich, bevor du antwortest!«

»Ich habe schon bei einer Quiz-Sendung im Fernsehen gewonnen!«, sage ich selbstbewusst und ungeduldig zugleich. Petrus lacht. Er hält sich den Bauch vor Lachen.

»Warum lachst du?«, frage ich.

»Dein Vergleich!«, prustet er noch immer lachend hervor. »Als ob Himmel und Erde dasselbe wären!« Dann wird er sachlich: »Nun gut, du scheinst deiner Klugheit ziemlich sicher zu sein, und in der Tat, wer im Leben ein guter Beobachter gewesen ist, kann die Frage leicht beantworten. Nun aufgepasst! Was ist die größte Erfindung des Chefs?«

Ich atme auf. Die Frage hatte ich mir viel schwerer vorgestellt.

»Warum hast du die Sache so spannend gemacht?«, frage ich Petrus. »Der Mensch ist die größte Erfindung des Chefs! Das ist doch klar!«

»Klar ist«, sagt Petrus, »dass ich dir jetzt ein Ticket für die Luftpost zur Erde ausdrucke. Du bist wieder ein Beispiel dafür, wie menschliche Eitelkeit den Blick für Zusammenhänge trüben und logisches Denken vereiteln kann. Die größte Erfindung des Chefs ist der Widerspruch! Du findest ihn in allen Dingen, Vorgängen, Verhältnissen und lebenden Wesen, in allem, was das Universum zu bieten hat, vom Allerkleinsten bis zum Größten. Der Widerspruch duldet keinen Stillstand. ›Alles, was entsteht, ist wert, dass es zugrunde geht‹ schrieb schon Goethe. Der hat die Frage richtig beantwortet und amüsiert sich jetzt in der Abteilung des Chefs mit der schönen Helena. Tut mir Leid, mein Lieber, ich kann dir nur noch einen glücklichen Heimflug wünschen. In einigen Jahren sehen wir uns wieder. Bis dahin wirst du die richtige Antwort auf die Frage im täglichen Leben finden und dich ihrer jederzeit erinnern.«

Als ich aufwache, steht die Sonne bereits strahlend über den Dächern der Häuser. Ich freue mich, dass Sonntag ist und dass ich den Tag im Gefühl des Gebrauchtwerdens genießen kann.

Zweiter Versuch

Die Rakete, mit der ich zum Mond fliegen wollte, ist außer Kontrolle geraten, sie rast durch das Weltall, ignoriert meine Befehle. Tage und Nächte bin ich hilflos versagender Technik ausgeliefert. Eiskalt greift der Tod nach mir. Ich schließe die Augen, füge mich in das Unvermeidliche.

Plötzlich ein ohrenbetäubender Krach. Ich schrecke auf, Schmerzen am ganzen Körper. Um mich ein Haufen Schrott und Trümmer. Mein Schädel brummt, als würden Hummeln in ihm herumschwärmen. Verschwommen sehe ich vor mir das zornige Gesicht eines bärtigen Mannes.

»Kerl, was hast du gemacht!«, schreit er mich an.

»Die Rakete ... «, mehr kann ich nicht sagen.

»Du weißt wohl nicht, wo du bist?«

»Keine Ahnung«, presse ich mühsam hervor.

»Keine Ahnung? Du hast das Himmelstor beschädigt! Keine Ahnung? Unglaublich! Dringt hier ein! Unangemeldet! Unverdient! Illegal! Mit brutaler Gewalt!« Wie Pistolenschüsse knallen seine Worte in mein Hirn.

»Die Rakete ... «, wiederhole ich.

»Natürlich, die Rakete ist schuld! Oder eure Computer haben versagt oder sonst etwas! Hier landet jeder Mensch, um Ausreden nicht verlegen, als reiner Unschuldsengel! Was soll ich mit dir machen? Hast du gedacht, so kommst du in den Himmel?«

»Die Rakete ... «

»Hör auf mit deiner Rakete! Die Erde habt ihr geschändet, verschmutzt, vergewaltigt und eure unvollkommene Technik soll euch nun neue Horizonte erschließen! Wenn ihr wenigstens das beherrschen würdet, was ihr technischen Fortschritt nennt! Dauernd muss ich hier Überstunden machen, wegen eurer Autounfälle und Flugzeugkatastrophen und nun auch wegen eurer defekten Raketen! Schlange stehen die Seelen der Opfer hier und begehren Einlass. Endlich mal 'ne ruhige Stunde, denke ich. Da kommst du mit deiner defekten Rakete! Meinst du, man kann auch im Himmel Unfälle bauen und der Chef nimmt dich trotzdem liebend in seine Arme? Weit gefehlt, mein Lieber! Wer hier Schaden anrichtet, braucht sich nicht wundern, wenn er als Schädling behandelt wird!«

Missbilligend betrachtet mich der Bärtige. »Wie du vor mir stehst! Ein wahrer Trauerkloß! Ich schick dich zurück zur Erde, da zeige, dass du mehr kannst, als Tore einrennen!«

»Aber wo ich doch nun einmal hier bin ...«, erwidere ich zaghaft.

»Denkst du, ich rede in den Wind? Ich habe mich doch wohl deutlich ausgedrückt!«, weist mich der Bärtige zurecht. Dann brüllt er, dass ich fürchte, meine Trommelfelle platzen: »HERAKLES!«

»Herakles?«, frage ich erstaunt.

»Hast du nie gehört, dass die Götter Griechenlands unsterblich sind? Der Chef liebt sie, lädt sie oft zum Essen ein.«

Herakles erscheint in seinem Löwenfell, ein Riese von Gestalt und Kraft.

Der Bärtige begrüßt ihn mit einer Freundlichkeit, die ich ihm nie zugetraut hätte. Dann sagt er:

»Verzeih, wenn ich dich im Training gestört habe. Wie ich sehe, hast du wieder mit Pfeil und Bogen geübt. Das passt wunderbar. Sieh dir an, was der hier angerichtet hat!« Dabei zeigt er auf mich und auf den Schaden am Tor und fährt fort: »Dieser Möchtegern hier hat geglaubt, wenn er ein paar hundert Meter bergauf mit einem Zweitakter gefahren ist, dann kann er auch eine Rakete steuern!«

Ich staune erneut: »Woher weißt du das?«, frage ich.

»Auf der Erde«, erhalte ich zur Antwort, »kannst Du sein, wo du willst, der Himmel ist immer über dir und nichts entgeht ihm. Doch genug geredet. Ich bitte dich Herakles schaffe ihn dahin, wo er her kommt. Nimm ihn als Pfeil und bringe dann bitte das Tor wieder in Ordnung. Es wäre nett von dir, wenn du danach noch die Überreste menschlichen Größenwahns beseitigen würdest!«

»Kleinigkeit!«, erwidert Herakles. Er packt mich, legt mich, als sei ich nicht schwerer als ein Streichholz, auf seinen Bogen und drückt die Sohlen meiner Plattfüße fest an die Sehne.

»Nichts für ungut«, sagt der Bärtige nun unerwartet freundlich zu mir, »beweise deine Nützlichkeit auf Erden! Wenn du dann auf anständige Weise eines Tages zu mir kommst, gebe ich dir den Eintritt frei. Also, mach's gut!« Er gibt mir einen aufmunternden Klaps auf die Schulter. Mir ist, als habe der Bärtige einen Heiligenschein bekommen.

Herakles hebt den Bogen mit mir in Augenhöhe, spannt die Sehne, dass nur noch meine Stirn auf dem Bogen liegt und lässt die Sehne schnellen. Ich fliege, dass mir Hören und Sehen vergeht.

Schweißgebadet wache ich in meinem Bett auf.

Dritter Versuch

Leise flüstern die Blätter der Bäume im Sommerwind. Sie bieten mir kühlenden Schatten. Es ist Sonntag, ein Sonnentag. Ich liege auf einer Wiese. Keine Wolken sind zu sehen, ein wunderbares Blau wölbt sich von Horizont zu Horizont. Die Hände hinter dem Kopf verschränkt, genieße ich mein Faulsein. Ich erinnere mich, wie ich an der Rosstrappe gestanden habe, an der Felsenplatte mit der Hufspur eines Riesenpferdes, das von dort in die Bode sprang. Ich erinnere mich an die herrlichen Aussichten, die die Berge und Felsen des Harzes bieten und denke, mein Leben soll noch lange währen, aber ich wüsste doch zu gerne, wie es da oben im Himmel so zugeht.

Plötzlich ein Windstoß, Schatten wirbeln, schwinden schlagartig und vor mir steht, ich traue meinen Augen kaum, Pegasus, das schneeweiße Musen- und Dichterross mit den schwanengleich schimmernden Flügeln. Seine Hufe klopfen auf den Boden, seine Flügel zittern, er schnaubt, verrät Ungeduld, sieht mich herausfordernd an. Ich stehe auf, will ihn streicheln, mich vergewissern, dass ich richtig gesehen habe. Unwillig schüttelt Pegasus den Kopf, er geht mit den Vorderbeinen auf die Knie. Jetzt weiß ich, was er will. Ich schwinge mich auf seinen Rücken, kralle die Hände in seine Mähne, Pegasus spannt seine Flügel weit aus und schon fliegen wir. Tief unter uns erscheint alles, was die Erde trägt, wie Spielzeug. Doch nur für einen Augenblick. Im nächsten Moment schon umgibt uns endlos scheinende Weite. Mein Musenpferd wiehert vor Vergnügen, aber mir wird bei dem Flug ins Ungewisse angst und bange. Zaghaft frage ich Pegasus: »Wohin geht der Flug?«

»Zum Himmel«, antwortet das geflügelte Pferd, »du willst doch sehen, wie es da oben so zugeht.«

»Woher weißt du, was ich gedacht habe?«, frage ich erstaunt.

»Dem Himmel entgehen keine Gedanke, keine geheimen Wünsche der Menschen. Sie werden, soweit ein Interesse an ihnen besteht und soweit sie Langeweile vertreiben können, wahrgenommen und beurteilt. Ich höre viel, denn ich bin mit allen Himmelsbewohnern gut Freund, helfe, wo ich kann und man verzeiht mir, ich hoffe auch diesmal, meine Extravaganzen. Dass ich dich zum Himmel bringe, hat mir nämlich niemand erlaubt. Aber ich liebe die Abwechslung und wenn ein Mensch wie du an einem Sonntag einen Blick in den Himmel werfen will, warum soll ich dem nicht gefällig sein?«

»Von allen Menschen der Erde hast du mich ausgesucht! Ich danke dir, danke dir sehr! Für mich ist dieser Flug durch die Weite des Universums ein wundersames Erlebnis!«

Nichts habe ich bisher gewusst von den unzähligen Himmelskörpern, die in vielerlei Gestalt und Farben strahlen. Es ist mir, als flöge ich durch ein Märchenland, das so schön ist, wie es kein

Mensch beschreiben kann! Unser Flug scheint kein Ende zu nehmen. Meine Sinne drohen zu schwinden. Schleier tanzen vor meinen Augen. Ist da nicht eine Wand, undurchdringlich, wie geflochten aus feinsten Spinnweben? Eine Zugbrücke, luftig leicht, gleichsam wie gewoben, wird herabgelassen und eine Art Fenster öffnet sich in der schleierhaften Wand. In gleißendem Licht kann ich nur schemenhaft die Umrisse einer Gestalt erkennen.

Mein Flügelpferd hält auf der Zugbrücke. Mit harten Vorwürfen wird es empfangen:

»Pegasus! Was ist in dich gefahren! Du wirst immer unberechenbarer! Immer selbstherrlicher! Ich warne dich! Noch einmal so eine eigenmächtige Tat, die gegen jede Himmelsordnung verstößt, und du hast dir die Gunst des Chefs endgültig verscherzt!«

»Hier ist der Himmel?«, frage ich verwundert.

Schroff klingt die Antwort: »Allerdings!«

»Ich möchte in den Himmel!«

»Illegale werden nicht eingelassen!«

»Kann ich wenigstens einen Blick, einen kleinen, ganz winzigen wenigstens, in den Himmel werfen?«

»Bist du naiv!« Das klingt unerwartet freundlich, fast mitleidig.

»Dein Wunsch ist verständlich, aber auch lächerlich. Die Weite des Himmels ist unendlich. Ein Blick? Das ist so viel, als wenn du vom ganzen Universum nur den Bruchteil eines Stecknadelkopfes sehen würdest.«

Ich bin wie gelähmt. »Und Pegasus? Wie ergeht es Pegasus?«, frage ich und sehe: Sein Kopf ist gesenkt, die Flügel hängen kraftlos herab. Diesen Empfang hatte er offensichtlich nicht erwartet.

»Zu deiner Kenntnis, Mensch«, höre ich die Gestalt am Fenster sagen, »ich bin im Dienste des Chefs und habe mich an Regeln zu halten, die hier gelten. Es gibt keine Ausnahmeregelung für dich und das weiß auch Pegasus. Er hat das Glück, bei unseren Dichtern und vor allem beim Chef sehr beliebt zu sein. Der Chef ist ein Freund der Musen.«

»Ist es nicht verzeihlich, wenn einem Dichterross die Fantasie durchgeht?«, frage ich.

»Es wird ihm schon viel verziehen, aber niemand, auch nicht ein Dichterross, darf seine in der Vergangenheit bewährten Tugenden vergessen! Pegasus war ja nicht immer ein Dichterross. Er hat praktische Arbeit, Verantwortung und Disziplin gekannt, aber leider ist er diesbezüglich manchmal sehr vergesslich.

Als die Götter Griechenlands noch herrschten, trug Pegasus Blitz und Donner für Zeus. Es dauerte lange, bis Zeus erkannte, dass seine Zeit abgelaufen war, dass unser aller Chef über ihm steht. Der Chef braucht Pegasus nicht zum Tragen von Blitz und Donner. Pegasus verlor die ihm lieb gewordene Beschäftigung, er wurde arbeits- aber nicht einfallslos, qualifizierte sich zum Musen- und Dichterross und findet als solches immer eine Tätigkeit, die ihm Freude macht, manchmal aber auch ernste Ermahnungen einbringt und gelegentlich die Forderung, was er getan hat, wieder rückgängig zu machen.

So, wie er dich hierher gebracht hat, wird er dich nun auch wieder zur Erde bringen. Ich weiß, du bist enttäuscht, aber anders geht es nicht! Wir sehen uns wieder, wenn deine Zeit gekommen ist. Ich wünsche dir Erfolg in all deinem Tun auf Erden!«

Ich bedanke mich für die guten Wünsche und schwinge mich schweren Herzens wieder auf den Rücken von Pegasus. Kaum dass ich sitze, fliegen wir wieder in die Richtung, aus der wir gekommen sind.

Pegasus wiehert. Er hat seine unbekümmerte Fröhlichkeit wiedergefunden und da freue auch ich mich.

Ein Insekt findet Gefallen an meiner Nase. Ich wache auf. Glutrot verabschiedet sich die Sonne vom Tag, aber die Wiese hat ihre leuchtenden Farben verloren. Mit den besten Vorsätzen, jeden meiner Tage gut zu nutzen, trete ich den Heimweg an.

Vierter Versuch

Ich war die Seele eines tätigen Menschen. Meinungsverschiedenheiten machten ihn arbeitslos. Arbeitslosigkeit machte ihn krank. Um gesund zu werden, fehlte das Geld, es fehlte auch für einen Grabstein. Die Urne war billig zu haben. Die Asche des Verstorbenen ruht in ihr, fest verschlossen. Aber ich, als unsterblicher Teil seines Wesens, habe mich aus dem tönernen Gefäß befreit. Mein ärmliches Dasein auf Erden gilt mir als Verpflichtung, im Himmel ein besseres Leben zu suchen.

Im Sog des Kosmos überwinde ich die Schwerkraft der Erde. Spionagesatelliten kreisen und senden Signale. Ich möchte sie rammen, aber schon bin ich bei den mächtigen Gesellen, dem ringumwehrten Saturn und seinem Nachbarn Jupiter. Ich kann die beiden nur mit hastigem Gruß bedenken. Geschwindigkeit und Richtung meines Fluges scheinen vorprogrammiert. Galaxien strahlen mir entgegen, beleuchten meinen Weg wie Ketten von Glühbirnen, die zur Weihnachtszeit die Illusion von Friede, Freude und Eierkuchen vermitteln. Quasare blenden unvergleichlich stärker als alles gewaschene Gold und Geld auf Erden. Kugelsternhaufen strahlen in Buntheit und fantastischen Formen und lassen mit ihrer Schönheit jedes irdische Feuerwerk mickrig erscheinen. Seltsame Töne, leise und verführerisch, dringen aus Dunkelwolken. Eine Welt wie von Zauberhand geschaffen umgibt mich. Ich bin gefesselt von der Herrlichkeit des Universums, hingerissen von grenzenloser Bewunderung.

Weit vor mir sehe ich einen Spiralnebel. Ich fliege auf ihn zu, er wird größer und größer, wird riesig. Heftiger Gegenwind stoppt meinen Flug. Ein »Halt!« mit vielfachem Echo lässt mich zusammenfahren.

Nichts folgt dem Ruf. Gefasst frage ich: »Ist da jemand? Warum ›Halt!‹? Bei mir gibt es nichts zu holen, ich bin ein Nichts, ich habe kein Geld, keinen Personalausweis, keinen Flugschein, kein Messer, keine Nagelfeile, keinen Baseballschläger und keine Pistole. Auch für einen Alkoholtest tauge ich nicht.«

Wieder höre ich die Stimme des unsichtbaren Wesens:

»Und wofür taugst du?«

»In den Himmel zu kommen«, erwidere ich.

»Du wolltest immer hoch hinaus?«

»Vom Himmel habe ich schon als Kind geträumt. Aber warum fragst du? Wer bist du? Willst du mich wie einen Asylbewerber befragen?«

Die Stimme aus dem dichten Nebel antwortet: »Nur noch wenige Schritte trennen dich vom Himmel, und du wagst es, solche Fragen zu stellen! Damit du klar siehst, mein Chef herrscht über das gesamte Universum, also auch über die Erde, mit allem, was da kreucht und fleucht und dazu gehören auch solche Seelen, wie du eine bist. Der Chef weiß alles, kann alles, aber er liebt es, Verantwortung zu verteilen. Wir, seine Helfer, haben alle Himmelssucher in Augenschein zu nehmen, um ihnen den Weg zu weisen, den sie verdienen.«

»Wenn ich das gewusst hätte! Aber woher sollte ich es wissen?«

»Du konntest es nicht wissen. Einen Flug hierher schildert kein Buch. Hier muss jede Seele viel lernen, zunächst, sich selbst richtig einzuschätzen, eigenes Fehlverhalten rückhaltlos aufzudecken.«

»In meinem Alter noch lernen?«, frage ich erstaunt.

»Das Alter spielt keine Rolle. Erinnere dich, dass du einen Mann aus dem Lande von Wolga und Ural verehrt hast, der die Menschen mit Gewalt zu besserem Leben führen wollte. Er forderte, ›Lernen, lernen und nochmals lernen!‹. Man kann über ihn sagen, was man will; wir haben ihn nicht aufgenommen, weil er den Chef für die Diktatur des Proletariats begeistern wollte, aber sein Aufruf zu lernen war und bleibt richtig und gilt auch für alle Himmelsbewohner.«

»Mein ganzes Leben lang habe ich lernen müssen. Hört das denn nie auf?«

»Nie!«, kommt die schnelle Antwort.

›Na ja‹, denke ich, ›gelernt habe ich bei der Arbeit am roten Löwen und auch auf der Reise in den Harz. Da hatte ich sogar

Spaß am Lernen.‹ Laut erwidere ich: »Wenn es unbedingt sein muss — ich will mir Mühe geben!«

»Das wird erwartet! Vor allem: Erkenne dich selbst!«

Mir ist, als stände ich, die Seele eines Verstorbenen, nackt vor dem Helfer des Chefs. Wie zu mir selbst sage ich: »Was andere Menschen dachten und empfanden, warum sie so waren, wie sie waren, das habe ich selten bedacht — und das wird mir erst jetzt wirklich klar.«

»Du zeigst einen Ansatz zur Selbsterkenntnis. Das ist gut. Jede Seele, die zu uns will, schleppt einen Ballast von Gewohnheiten und Eigenschaften mit sich, die des Himmels unwürdig sind, aber jede Seele hat auch ihre Besonderheiten. Wir sind auf Vielfalt bedacht und jeder Seele werden Aufgaben zugewiesen, die auf sie abgestimmt sind. Dazu brauchen wir keine Videoüberwachung, keine Rasterfahndung, keine verdeckten Ermittler und keine Labors zur substanziellen Untersuchung der Seelen. Um sie zu läutern, wecken wir Erinnerungen, damit die damit verbundene Erkenntnis zu einem würdigen Leben im Himmel führt.«

»Das ist sicher oft ein schmerzhafter Prozess«, wende ich ein.

»Schmerzhaft und heilsam zugleich.«, bestätigt die Stimme.

»Ein Widerspruch«, entgegne ich.

»Ja, der Chef liebt Widersprüche über alles und lebt sie uns vor. Du hast es ja selber schon gemerkt.«

»Nein. Wieso?«

»Wenn der Chef allmächtig ist, hat er es dann nötig, Wegweiser als seine Helfer einzusetzen?«

»Das ist wahr!«, muss ich bestätigen.

»Der Chef leistet sich aber noch andere Dinge. Mit Arbeitslosigkeit wird bei ihm niemand belastet. Alle Himmelsbewohner sind damit beschäftigt, in riesigen Bereichen Unterlagen von allem, was es in seinen unendlichen Räumen gibt, auf Nützlichkeit zu überprüfen, Vergleiche anzustellen und Vorschläge für künftige Entwicklungen zu machen.«

»Aber wozu dieser Aufwand, der doch sinnlos ist, wenn der Chef alles weiß und kann? Aus Liebe zum Widerspruch? Das ist doch blanker Unsinn!«

Ich erschrecke vor mir selbst. Nie hätte ich so etwas sagen dürfen! Die Antwort lässt nicht auf sich warten:

»Du solltest vorsichtiger mit deinen Äußerungen sein! Bei uns kann zwar alles gesagt werden, aber wenn du dem Chef sinnloses Handeln unterstellst, kannst du dich schnell in der Urne wiederfinden, die du verlassen hast. Wir verehren den Chef mit allem, was er tut und unterlässt. Hier erfüllen alle freudig ihre Aufgaben. Wir sind durchdrungen von der Aura des Himmels, die uns beflügelt.«

Ich bin überrascht. »Beflügelt, wie soll ich das verstehen? Sind die Engel der Bibel und der Kirchen mehr als Fantasie?«

Der Helfer lacht, gibt bereitwillig Auskunft: »Der Chef kennt keine Engel, aber er duldet den Glauben an sie. Er meint, dieser Glaube kann nichts Böses bewirken, er ist unvergleichlich besser, als der Glaube an die Allmacht von Waffen.«

»Ach, wenn dein Chef, unser Chef, doch alle Menschen freundlich und friedfertig machen würde!«

»Ohne Gegensatz zur Erde gäbe es keinen Himmel.«, gibt das unsichtbare Wesen zu bedenken. »Im Himmel sind Freundlichkeit und Friedfertigkeit gewährleistet. Da lebt niemand auf Kosten anderer. Es gibt keine Versicherungen und also keinen Versicherungsbetrug, es gibt kein Geld und also wird keins gestohlen, jeder kann nach seinem Glücksempfinden leben und also gibt es keinen Raub und keine Morde, es gibt keine Kriege um Ländergrenzen Absatzmärkte und Glaubensrichtungen, es gibt keine Konjunktur und keine Wirtschaftskrise, keine Erdbeben, Vulkanausbrüche, Umweltverschmutzungen und -zerstörungen, keine Überschwemmungen. Du brauchst keinen Arzt und keinen Apotheker. Von dergleichen könnte ich noch vieles sagen, zum Beispiel«, fügt er mit freundlicher Ironie hinzu, »du brauchst keinen Regenmantel und keine Sonnenbrille.«

»Aber die Widersprüche!«, wende ich ein.

»Gibt es, mein Lieber, aber vergleichsweise nur so, wie nach einem Gewitter und Regen Natur und Luft herrlich erfrischt sind. Das wirst du alles selber erleben und wenn du die Anfängerzeit hinter dich gebracht hast, wirst du glücklich sein im Dienste des Chefs.«

Es verschlägt mir fast die Sprache und in einer Mischung von Furcht und Hoffnung frage ich: »Habe ich richtig gehört? Du gibst mir den Weg frei in den Himmel?«

»So ist es, aber unterlasse in Zukunft vorlaute Bemerkungen!«, werde ich eindringlich ermahnt.

»Ich verspreche es dir!«, beeile ich mich zu versichern.

Der Spiralnebel schwindet. Eine bunte Bahn in den Farben eines Regenbogens liegt, wie ein roter Empfangsteppich bei irdischen Staatsbesuchen, vor mir. Unendlicher Jubel erfüllt mich und es ist mir, als würde ich eine Wand durchstoßen. Ein dumpfes Geräusch.

Bin ich im Himmel? Meine Augen mustern staunend alles, was mich umgibt. Ich kann's nicht glauben, kaum fassen, und doch ist es Wirklichkeit — ich bin auf meinem Bettvorleger gelandet.

BEGEGNUNGEN MIT DER HÖLLE

Erste Begegnung
(Eine Lebensbeichte)

Irgendjemand hat einmal gesagt: »Jeder ist seines Glückes Schmied!« Ich weiß nicht, wo ich das gehört oder gelesen habe. In der Schule jedenfalls nicht, denn ich habe sehr oft den Unterricht geschwänzt. Warum auch nicht? Was man an Wissen im Leben braucht, hört man dort selten. Aber die Sache mit dem Schmied hat mir gefallen. Ich begann also, mein Glück zu schmieden. Angefangen habe ich damit, dass ich Werbung von Geschäften und Handwerksbetrieben in Briefkästen warf. War die Werbung besonders verheißungsvoll, habe ich sie auch in Briefkästen geworfen, auf denen stand: BITTE KEINE WERBUNG! Ich habe dann bei den Leuten geklingelt und, wenn ich sie antraf, mich entschuldigt, dass ich ihren Hinweis nicht beachtete. Ich spielte einen treuherzigen jungen Mann, der einen peinlichen Fehler wieder gutmachen will. Da der Gegenstand der Werbung ausgezeichnet sei, erklärte ich, würde ich mich gerne erkenntlich zeigen und ihre Bestellung übernehmen. Dadurch könnten sie Zeit und Porto sparen.

»Ich garantiere Ihnen«, sagte ich, »Sie sind zufrieden. Ich selbst verdiene an der Sache nichts, ich tue es, weil ich Ihren Hinweis am Briefkasten nicht beachtete und weil ich Sie um Verschwiegenheit bitten möchte. Wenn Sie sich wegen meines Irrtums beschweren, verlier ich meinen Job.«

Manche Leute haben mir gleich die Tür vor der Nase zugeworfen, manche haben höflich »Kein Bedarf!« gesagt und manche, vor allem ältere Leute, haben mir ihre Bestellung aufgegeben. Meine Einnahmen durch Rechnungsfälschungen oder Trinkgelder waren gering. Auf Dauer war diese Art des Gelderwerbs unbefriedigend und gefährlich. Es passte mir auch nicht, dass ich immer sehr früh aufstehen musste, um das Werbematerial entgegenzunehmen. Deswegen verlegte ich meine Tätigkeit bald auf Bahnhöfe und Flugplätze und arbeitete als Gepäckträger. Der Nachteil war, dass man mir kein leichtes Gepäck anvertraute, mit dem ich das Weite hätte suchen können. Außerdem zeigte es sich, dass Erfindungen sich sehr negativ auf Geschäfte auswirken können. Meine Einkünfte waren spärlich, weil heutzutage fast alle Gepäckstücke Räder haben.

Zu der Zeit traf auf mich noch zu, was ich manches Mal zu hören bekam: »Das mir und mich verwechsle ich nicht, das kommt bei mich nicht vor!« Solche hämischen Bemerkungen haben mich gewurmt und ich habe bald eingesehen, dass es so mit mir nicht weitergehen konnte. Da habe ich noch einmal meine Schulbücher hervorgeholt und gepaukt, aber für mich, nicht für Zeugnisse, Lehrer oder Schule. Ich habe sparsam gelebt und mir bald ein Konto eingerichtet.

Dann bin ich auf'n Bau. Schwarzarbeit. Hat was eingebracht, und was Schummeln betrifft, habe ich einiges hinzugelernt. Auf'm Bau bekam ich Figur, hätte mich mit Apollo vergleichen können. »Mann«, sagten die Kumpel, »auf dich müssen doch die Weiber fliegen!« Taten sie aber nicht, war zu unerfahren. Also bin ich hin zu so 'm Haus mit roter Laterne. Habe mich eine Weile beim horizontalen Gewerbe umgesehen. Hab 'ne Menge gelernt und meinen Spaß gehabt. Aber wie das Gelernte nutzen?

Berlin hat viele Theater. Ich studierte ihre Plakate, Prospekte und Broschüren, die jedermann zugänglich sind, nur, dass sich wohl niemand so gründlich mit ihnen beschäftigt, wie ich es getan habe. Ich wusste von einer Kneipe, in der viele Künstler verkehren. Die Kneipe hat große Fenster, so dass man sehen kann, wie die Künstler sich kleiden und wie sie nicht nur essen und trinken. Also, Schlips und Kragen is' nicht. Salopp muss es sein. Ich hab mich so angezogen und dann rein in die Kneipe. Da stand ich nun, von niemand beachtet, und suchte nach einem freien Stuhl. An einem Tisch für vier Personen fand ich ihn. Ein Ehepaar unterhielt sich mit einer jungen Dame, von der ich den Eindruck hatte, dass sie sich langweilte.

Sehr wohl war mir nicht in meiner Haut, aber ich mimte Selbstbewusstsein, sagte: »Gestatten Sie?«, und setzte mich, ohne eine Antwort abzuwarten. Gesprochen wurde von Gebrauchsgrafik, von der ich nichts verstand, was ich freimütig, nach meiner Meinung gefragt, zugab. Nun aber war meine Zeit gekommen. Ich stellte mich als freischaffender Schauspieler, in gewissem Sinne war das ja nicht einmal gelogen, vor, selbstverständlich ohne meinen wirklichen Namen zu nennen, erlaubte mir, eine Runde auszugeben und betätigte mich als wortreicher Alleinunterhalter. Es kam, wie ich es mir gewünscht hatte. Das Ehepaar verabschiedete sich bald, die junge Dame aber blieb sitzen. Es war offensichtlich, dass sie mich interessant und sympathisch fand. Es dauerte nicht lange, da war uns beiden klar, dass wir uns besser in einer Wohnung unterhalten konnten. Im breiten Bett der Schönen war das dann auch ein Vergnügen und nach wenigen Tagen war sie bereit, mich von vorgetäuschten finanziellen Nöten zu befreien.

Mit der Suche nach neuen Geldgeberinnen begann eine Zeit, in der ich durch viele Vergnügungen mein Konto erheblich aufbessern konnte. Der Umgang mit vermögenden Damen half mir, meine Umgangsformen zu verfeinern und meine Ausdrucksweise den jeweiligen Erfordernissen anzupassen. Nach und nach gelang es mir, über Strohmänner zwei attraktive Bordelle einzurichten. Die meisten der dort tätigen jungen Damen konnte ich aus dem Ausland importieren. Zu meinem Bedauern war das nicht ohne Bestechungsgelder möglich. Der Aufwand aber lohnte sich. Die Damen waren hübsch, anstellig und beherrschten ihr Handwerk in kürzester Zeit. Davon konnte ich mich immer nach Belieben überzeugen.

Nur die Strohmänner, die ich auf sehr großzügiger Basis eingestellt hatte, kannten meinen wirklichen Namen. Sie waren verschwiegen und zuverlässig. Das war eine grundsätzliche Voraussetzung dafür, dass ich im Kreise von Politikern bekannt und geschätzt wurde. Mein Lebensstandard ließ sich durch eine angebliche Erbschaft erklären.

Wichtiger war, dass ich in schwierigen Situationen, in die Politiker leicht kommen, Spürsinn und Talent bewies, dass ich ihnen helfen konnte, unliebsame Entscheidungen, auch Fehler, in Erfolge umzumünzen. So wurde ich manchem Spitzenpolitiker unentbehrlich und die politische Arbeit eine reichlich fließende, zusätzliche Geldquelle.

Eines Tages rief mich jemand an, der vorgab, gute Verbindungen zur Presse zu haben. Er wusste von meiner Vergangenheit und bewies das durch Fakten. Woher er sein Wissen hatte, wollte er nicht verraten. Es würde ihm sehr leid tun, erklärte er, wenn meine Geschichte in die Presse käme und ich nach nervtötenden Prozessmonaten in den Knast wandern müsse. Das wäre allerdings leicht zu vermeiden, wir müssten uns nur einig werden. Ich erklärte, an einer Einigung sehr interessiert zu sein, Geld sei da, nur würde es etwas Zeit brauchen, um ohne Aufsehen in den Besitz einer großen Summe zu kommen. Nach einigem Hin und Her willigte mein Gesprächspartner ein. Wir verabredeten einen Treff auf ödem Gelände und er war so dumm, mir, wie er meinte sicherheitshalber, seine Autonummer zu nennen. So wollte er jede Verwechslung ausschließen.

Ich brauchte nicht viel Zeit, um den Standort des Autos ausfindig machen zu lassen und einen Fachmann für tödliche Autounfälle, die nicht nach Mord aussahen, zu engagieren. Es war ein teurer Spaß, aber was blieb mir anderes übrig? Hätte ich dem Erpresser das geforderte Geld gegeben, so wäre es für ihn ein Anreiz gewesen, mich lebenslang mit finanziellen Ansprüchen zu verfolgen. Er bekam von mir nur das, was er verdiente.

Ich war nun aber doch besorgt um meine Sicherheit und sah mich nach einem Bodyguard um. Da kam mir der Anruf einer meiner einstigen reichen Geliebten gerade recht. Sie fragte an, ob ich nicht einen Bodyguard brauche. Sie denke immer noch gerne an die Stunden mit mir zurück, ihr Leben sei durch mich reicher und schöner geworden, so reich und so schön, dass sie mir längst meine Lügen und meine Untreue verziehen habe. So sei es nun mal, wenn man einen Menschen wirklich liebe. Sie sei besorgt um meine Sicherheit, schließlich hätte ich wohl nicht nur Freunde. Sie könne mir einen absolut zuverlässigen Bodyguard empfehlen.

Ich stellte den Mann ein. Er war ein geselliger Mensch, bemüht, mir alles zu bieten, was meinem Wesen entsprach. So kamen wir auch in den Harz und an der Teufelsmauer geschah es, dass der Teufel zum Abschluss meiner Lebensbeichte die weitere Berichterstattung übernahm: Ich sollte bald erfahren, dass ich in der um mich besorgten Dame meine Meisterin gefunden hatte. Der »absolut zuverlässige Bodyguard« schoss mir absolut zuverlässig eine Kugel in den Rücken. Wenigstens brauchte ich nicht zu leiden, ich war sofort tot. Es gab ein würdiges Begräbnis. Tränen meiner Partnerinnen in Liebe befeuchteten den Sarg. Mein Körper war der Verwesung anheim gegeben, aber die Seele holte der Teufel.

Ich, der Teufel, muss dazu bemerken, dass Männer wie dieser Verstorbene und solche Frauen wie die, die den Bodyguard engagierte, mir jederzeit willkommen sind. Sie können bei mir gemeinsam mit einstigen Politikern, Militärs, Aktionären, Konzernherren und anderen hochgestellten Persönlichkeiten, aber auch mit einfachen Dieben, Räubern und Mördern um Feuer tanzen, die unter riesigen Kesseln lodern. Fleißige, kichernde Hexen bereiten ihnen jeden Tag eine Festmahlzeit. Sie sparen dabei nicht mit Kröten, Schlangen, Spinnen und Mistkäfern. Mit einem Satz: Wer in die Hölle kommt, lebt höllisch gut!

Zweite Begegnung

Selbst Aphrodite war sicher nichts gegen die Schönheit, die mir am FKK-Strand begegnet. Sie sieht mich an, ihre Augen sind wie ein Magnet. Langsam gehe ich auf sie zu. Mit einer winzigen, auffordernden Armbewegung dreht sie sich um, geht hinter eine Wand von Büschen. Ich folge ihr. Wir lieben uns, einmal, zweimal, dreimal. Nur die Sonne ist Zeuge. Nach dem vierten Mal machen wir eine Pause, liegen nebeneinander, schließen die Augen. Komisch, bei blauem Himmel tröpfelt mir etwas ins Ohr. Ich verliere die Besinnung.

Mir wird heiß, sehr heiß. Ich höre ein vielstimmiges Kichern, recke mich, öffne die Augen und blicke verwundert umher. An einem großen Feuer stehen Männer und Frauen mit runzligen Gesichtern, und so weit ich sehen kann, haben sie alle einen Pferdefuß. Auf den ersten Blick erkenne ich bekannte Mordgesellen in voller Uniform und mit vielen Auszeichnungen, die sie für teuflische Taten erhalten haben.

Da ist auch der Teufel, Rot gekleidet, der einzige der Runde, der Hörner trägt. Mir wird speiübel. Die rote Kleidung des Teufels erinnert mich an Roter. Wie gerne wäre ich ihm begegnet! Aber hier, nein, hier gehört er nicht hin!

Arm in Arm mit Don Juan begrüßt mich der Höllenfürst: »Herzlich willkommen, mein Lieber! Du wirst bitte entschuldigen, dass ich dir ein Betäubungsmittel ins Ohr geträufelt habe. So konnte ich dich schnell hierher bringen. Du hast ein der Hölle würdiges Leben geführt. Don Juan ist Fachmann in Liebesfragen und hat die Richtigkeit meiner Einschätzung bestätigt. Du verstehst dich auf Liebe. Ich täusch mich doch nicht? Bei der Potenz, die du gezeigt hast, ist mir völlig klar: Du hast acht Frauen eine Heirat und ein luxuriöses Leben versprochen, drei Frauen geheiratet, versorgt mit gestohlenen Juwelen und betrogen mit mehr als einem Dutzend Weibern.«

»Das ist nicht wahr!«, protestiere ich, »das ist ... «

Der Teufel unterbricht mich: »Das Wort ›Wahrheit‹ ist hier ein Fremdwort. Verzeih, wenn ich nicht exakt informiert bin. Die Menschen haben die Welt so eingerichtet, dass meine Kundschafter ständig überlastet sind und man ihnen nicht zürnen kann, wenn sie etwas durcheinander bringen. Sicher waren es noch mehr Frauen, die du unglücklich gemacht hast.«

»Nein!«, schrei ich, »nein! Was sind das für infame Anschuldigungen! Ich habe Frauen immer geachtet und gestohlen habe ich nie!«

Die Umstehenden kichern, dass meine Ohren schmerzen.

»Haltet das Maul, ihr Fratzen!«, fahr ich sie an. Ich drohe, an meiner Wut zu ersticken.

»Ruhe, mein Freund!«, lässt sich der Teufel vernehmen. »Störe nicht unseren teuflischen Frieden! Sei nicht undankbar! Siehst du nicht, dass sich hier eine Elite von Männern zu deinem Empfang versammelt hat? Nicht jedem wird solche Ehre zuteil. Übrigens haben wir hier auch Zivilpersonen, Freunde und Nachbarn von dir, die mir einiges über dein Leben verraten haben.«

»Verraten? Wird hier die Wahrheit Lüge, die Lüge Wahrheit? Wer sind die Schurken, die Tatsachenverdreher, die Verräter?«

»Verräter werden hier nicht verraten«, entgegnet der Teufel und zeigt jetzt sein wahres Gesicht. Eiskalt und höhnisch fährt er fort: «Du bist meine Beute und du bleibst es! Du kommst nicht zurück auf die Erde und schon gar nicht in den Himmel! Also füge dich oder ich nutze die Vielzahl meiner Mittel, auf der Erde würde man ›Folter‹ dazu sagen, um dich zu einem würdigen Bewohner der Hölle zu erziehen, zu einem, der es wert ist, dass ich ihn mit einem Pferdefuß auszeichne!«

Ich schrecke auf. Lärmend hat mein alkoholsüchtiger Nachbar seine Wohnung betreten. Schwarz ist die Nacht. Nur mein Fernseher läuft noch. Ein Mord aus Eifersucht und Habgier wird gezeigt. Jetzt bin ich hellwach und rekapituliere: Es ist der neunhundertachtundfünfzigtausenddreihunderteinundzwanzigste Mord, mit dem das Fernsehen demonstriert, wie vielfältig und spektakulär die Tötungsmöglichkeiten in unserer Gesellschaft sind. Aber dem Himmel sei Dank, es gibt auch noch Kriminalisten und Polizisten und Juristen und Staatsanwälte und Gerichte und Gefängnisse und Glück, wenn unsereins mit alledem nicht in Berührung kommt.

Dritte Begegnung

Eine Frau steht auf unserem Hof, dürre Gestalt, faltiges Gesicht, Hakennase. Ihr vorstehendes Kinn stützt sie auf den Stiel eines alten Reisigbesens. Sie winkt mich zu sich. Als ich vor ihr stehe, dreht sie sich blitzschnell um, schiebt den Stiel ihres Besens zwischen ihre und meine Beine und ehe ich begreife, was da geschieht, reißt sie den Besen hoch und schon fliegen wir über Städte und Länder. Die langen roten Haare der Frau flattern mir um die Ohren und ihr Geruch droht meine Sinne zu betäuben. »Eine Brockenhexe«, denke ich, und wie zur Bestätigung meines Gedankens erkenne ich bald vor uns die Berge des Harzes. Die Hexe setzt zum Sturzflug an. In Todesangst umklammere ich ihren Leib, der so hart ist wie der Besenstiel.

Sicher landen wir vor der Baumannshöhle. Siebenmal klopft die Hexe mit knöchernem Finger an eine Wand. Eine Tür, die für mich unsichtbar war, öffnet sich. Wir stehen vor einem Loch von erschreckender Tiefe. Ein indisches Seil wird heraufgeworfen. Die Brockenhexe berührt es und schon ist das Seil steif wie eine Eisenstange. Die Hexe stößt mich zum Seil, ich rutsche in die Tiefe, der dreckige Rock der Hexe nimmt mir dabei die Sicht.

Als wir Boden unter den Füßen haben, schlägt uns Hitze entgegen, die mir fast den Atem nimmt. Feuer lodert unter riesigen Kesseln, nackte Gestalten, affenartig behaart, kleine Teufel tanzen um mich herum.

Ein Teufel, groß, kräftig gebaut, in einem Anzug aus bunter, glänzender Seide stellt sich uns in den Weg. Sein Blick verheißt nichts Gutes.

»Sei zufrieden, Fürst und Herrscher der Hölle!«, bittet die Brockenhexe. »Etwas Besseres lief mir nicht über den Weg, und du hattest mir Eile befohlen.«

»Dämliches Weib«, entgegnet der Teufel, »was soll ich mit diesem Pickelhering machen? Ich werde ihn prüfen und dann das Strafmaß für dich bestimmen.«

»Lass mir meinen Besen!«, jammert die Hexe.

»Halt's Maul!«, schreit der Teufel und wendet sich dann an mich: »Wie viele Morde hast du begangen?«

»Ich kann sie nicht zählen, denn ich habe keinen Mord begangen!«, antworte ich.

»Wie viele Raubüberfälle hast du durchgeführt, wie viele Banken geplündert?«

»Nicht einmal im Traum ist mir dergleichen eingefallen!«

»Wie oft hast du eine Frau vergewaltigt?«

Jetzt reicht es mir. Ich schreie den Teufel an: »Das hatte ich nicht nötig. Und nun hör auf mit deiner dämlichen Fragerei!«

»Entsetzlich, diese Negativbilanz! Und dann noch das Maul aufreißen! Du bist in der Hölle und wenn einer hier schreit, dann bin ich es! Hast du verstanden?«

»Ich bin nicht taub!«, entgegne ich ruhig.

»Bist du verheiratet?«

»Bist du immer so neugierig? Ja, ich bin verheiratet.«

»Wie viele Jahre?«, will der Teufel weiter wissen.

»Zehn.«

»Verdammt lange, nach heutigen Maßstäben! Wie oft bist du da fremd gegangen?«

»Ziemlich oft, durch fremde Straßen, fremde Länder, durch eine fremde unterirdische Welt, wo so ein Unikum mit seidenem Anzug regiert.«

»Du willst mich wohl auf den Arm nehmen? Na ja, wenigstens bist du nicht auf den Kopf gefallen. Aber weißt du auch, dass ich dich zerdrücken kann wie eine Laus, zwischen Daumen und Zeigefinger? Frech sein, das kannst du, aber ansonsten bist du ein Blindgänger, ein weißes Schaf unter Wölfen, ein Stockfisch, ein Musterbübchen von der langweiligsten Art! Furchtbar, dass es solche Menschen noch gibt!« Der Teufel stöhnt, dann wendet er sich wieder der Brockenhexe zu:

»So ein abnormes Exemplar schleppst du mir an! Drei Monate Flugverbot! Dein Besen wird vorläufig eingezogen. So ein Kerl wie Zuckerwatte kann nicht einmal den Teufel belügen und braucht ein loses Maul, um sich Mut zu machen! Hexe, vier

Monate Flugverbot! Diese Kröte, die nur quaken kann, sollte die Garde meiner Aufpasser verstärken! Hexe, du weißt, wie nötig es ist, die Garde zu verstärken! Du weißt auch, gnädig zu sein widerspricht meiner Natur. Ausnahmsweise will ich jetzt einmal gnädig sein, du bist halt schon ziemlich alt und verbraucht.« Der Teufel seufzt, als müsse er um den Ruf seines Reiches fürchten. »Also«, sagt er, »es fällt mir schwer, das Strafmass für dich so großzügig niedrig festzulegen. Du erhältst sechs Monate Flugverbot und sechs Monate Kesselschrubben! Welch Glück für dich, dass ich eine schwache Stunde habe!«

Die Hexe greint erbarmungswürdig und der Teufel lässt seine Wut nun an mir aus. Er packt mich am Kragen und steckt mich ohne Mühe in einen Kamin.

»Fort mit dir, du Nichtsnutz!«, schreit er und gibt mir einen Tritt in den Hintern, dass mir Hören und Sehen vergeht. Ich fliege durch den Kamin, fliege, fliege.

Weich wird mein Flug gebremst. Ich liege in meinem Bett und meine Frau trocknet mir die schweißnasse Stirn.

»Liebling«, sagt sie mitfühlend, »du musst Schlimmes geträumt haben. Hin und her hast du dich gewälzt.«

»Es ist gut, dass du bei mir bist!«, sage ich und umarme sie.

STIMMEN DER NACHT

Ich habe es sogleich gerochen,
er kam durchs Schlüsselloch gekrochen
und sprach ganz nahe meinem Ohr:
»Mein lieber Mann, du bist ein Tor,
wenn du mir ausschlägst mein Begehren,
dir großen Reichtum zu bescheren.
Du musst nur tun, was ich dir sage,
bedingungslos und ohne Frage.
Du sollst mir nur bei deinen Kindern
den Drang zur Ehrlichkeit vermindern,
sie lehren, dass mit Lug und Trug
man leben kann im Höhenflug.
Wer mir, dem Teufel, ist ergeben,
der führt fürwahr ein herrlich Leben!
Bedenke es! Ich muss jetzt weichen,
es kommt Besuch, der mir zuwider!
Vom Himmel schwebt ein Geist hernieder,
verspricht viel Wonnen ohnegleichen,
jedoch erst dann, wenn Menschen Leichen.
Adieu, und lass dir 's nicht verdrießen,
ein volles Leben zu genießen!
Der Himmel, der ist viel zu weit
und nur erdachte Herrlichkeit!«

Der Teufel floh, die Luft wurd reiner
und es erschien der Geister einer
und sprach: »Ich hoffe, du bist klug,
lässt dich nicht ein auf Lug und Trug.
Magst du vom Jenseits auch nichts halten,
dein Dasein musst du so gestalten,
dass du an jedem Tag im Leben

dich fragst: »Was tat ich andern geben,
an Kraft und an Beharrlichkeit
zu siegen über Not und Leid?«
Die Gegenwart muss besser werden,
dafür musst wirken du auf Erden!
Das Gute suche zu vermehren
und strebe nicht nach falschen Ehren!
Dem Teufel, was des Teufels ist!
Du aber bleibe, was du bist,
dass Lieb und Freundschaft dich umgeben,
in einem glückerfüllten Leben!«
So sprach der Geist, verschwand, und mir war klar,
ich musst' entscheiden, wer sprach wahr?
Wo ist das wahre Glück zu finden?
Im Lügen? Sich für andre schinden?
Ich ließ mein Herz den Streit entscheiden,
entschied zu Letztrem mich von beiden.
Nun mocht ich nicht mehr träumend ruhn,
wollt tätig sein und Gutes tun.
Es mahnen Ziffern meiner Uhr:
Ein jeder Tag ist einmal nur!

Inhalt

Das Trio   **7**

   Der Zwang der Erinnerung   12

Der rote Löwe   **13**

Eine unheimliche Begegnung   15

Die Nagels   25

Die Poseidon an der Westküste Indiens   26

Der Stützpunkt und sein Geheimnis   36

Vom Löwentisch zur Nordsee   61

Rückkehr über Hamburg   71

Anmerkungen   76

Die Auszeit des Trios und ihre Folgen   **81**

Himmel und Hölle   **87**

Versuche, in den Himmel zu kommen   89

   Erster Versuch   89

   Zweiter Versuch   92

   Dritter Versuch   94

   Vierter Versuch   98

Begegnungen in der Hölle   103

   Erste Begegnung   103

   Zweite Begegnung   107

   Dritte Begegnung   110

Stimmen der Nacht   **113**